COLLECTION FOLIO

Pauline Baer de Perignon

# La collection disparue

Gallimard

Directrice littéraire dans l'audiovisuel pendant dix ans, lectrice et coautrice de scénarios, Pauline Baer de Perignon a animé de nombreux ateliers d'écriture. *La collection disparue* est son premier livre.

*À la mémoire de mon père, Philippe Baer*

*À mes enfants Élie, Rose et Colombe*

*Pour Henri*

En matière d'art, il n'y a qu'une chose
qui compte : la recherche de la vérité.
*Errare humanum est !*
Mais je plaide la bonne foi.

Jules STRAUSS, janvier 1931.

# ARBRE GÉNÉALOGIQUE DES PERSONNES CITÉES

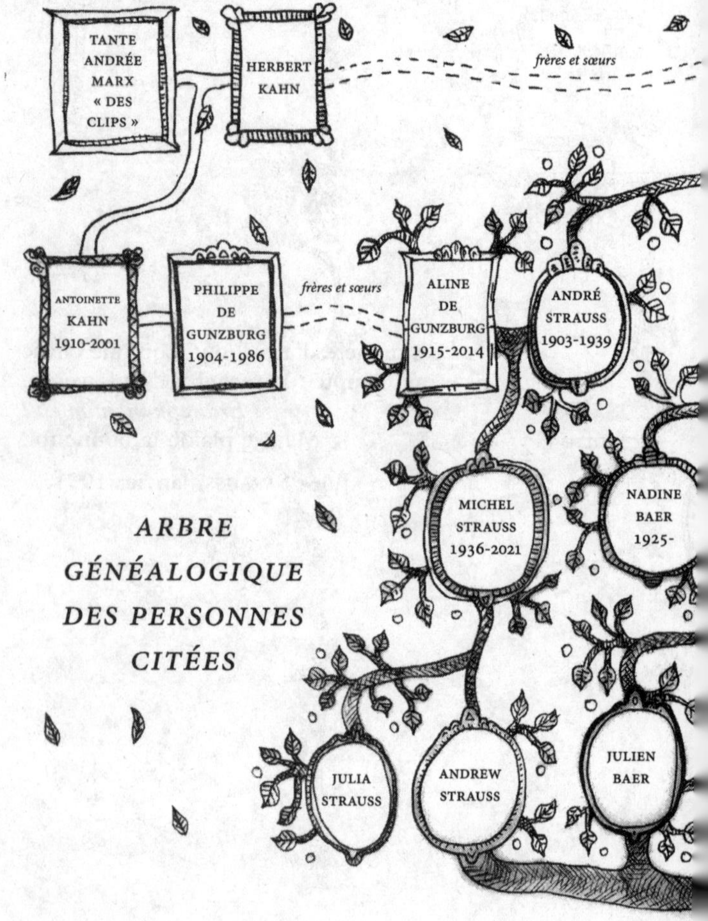

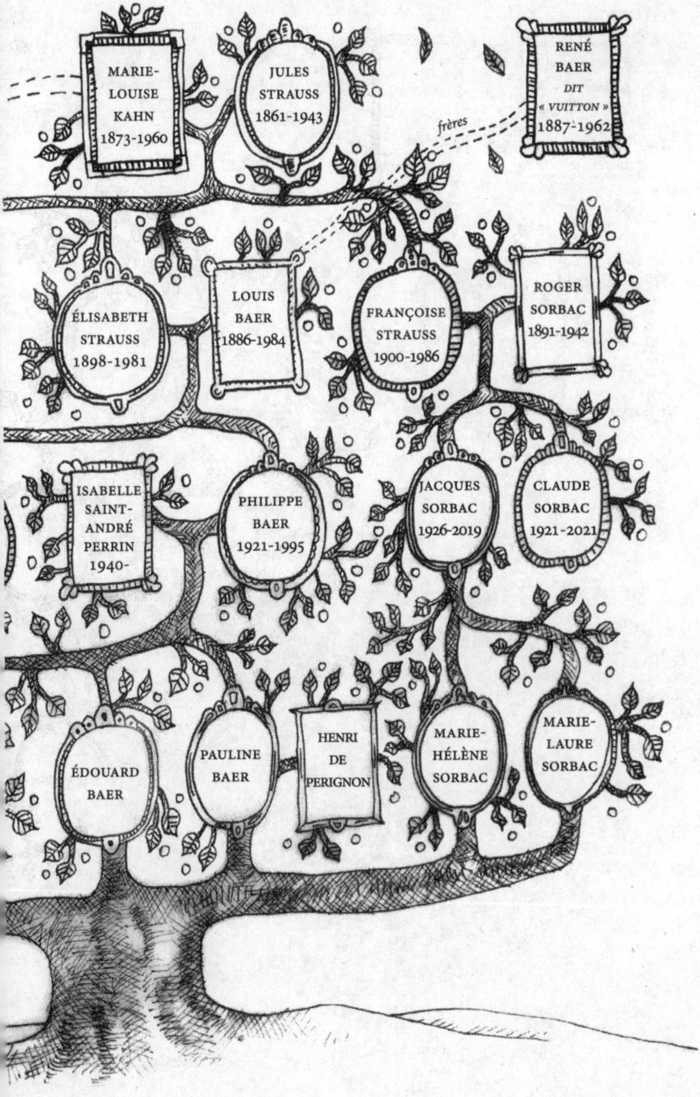
MARIE-LOUISE KAHN 1873-1960
JULES STRAUSS 1861-1943
RENÉ BAER DIT « VUITTON » 1887-1962
frères
ÉLISABETH STRAUSS 1898-1981
LOUIS BAER 1886-1984
FRANÇOISE STRAUSS 1900-1986
ROGER SORBAC 1891-1942
ISABELLE SAINT-ANDRÉ PERRIN 1940-
PHILIPPE BAER 1921-1995
JACQUES SORBAC 1926-2019
CLAUDE SORBAC 1921-2021
ÉDOUARD BAER
PAULINE BAER
HENRI DE PERIGNON
MARIE-HÉLÈNE SORBAC
MARIE-LAURE SORBAC

# I

# L'or du passé

Je ferme les yeux et j'imagine des murs couverts de toiles. Des portraits de gentilshommes et de dames de cour du XVIII^e siècle côtoient des danseuses de Degas, des paysages lumineux de Monet et des jardins sous la neige de Sisley.

Un homme se tient là. Il m'attendait depuis longtemps.

Ses yeux sourient derrière ses petites lunettes rondes. Son visage m'est familier, même si je ne l'ai jamais vu. Il a la moustache fine de mon père et porte des guêtres blanches sur ses souliers.

Il me fait entrer dans son étude et me parle de chacune de ses œuvres, de la grâce d'une ballerine qui attache son chausson, de la beauté solaire d'un pin parasol dans un ciel bleu. Il me raconte avec passion l'histoire de chacun de ces tableaux, qui l'a peint, l'endroit où il l'a déniché. Il m'explique pourquoi il l'a choisi.

Comme je l'écoute avec admiration, il me propose de le suivre et m'entraîne dans son appartement, à travers une immense galerie d'objets d'art, de sculptures en bronze et de bustes en terre cuite. Alors que je ne sais où donner de la tête, il se tourne, saisit son chapeau mou posé sur le joli visage d'argile d'une jeune fille, et me prend par le bras. Sa femme lui crie quelques mots au loin, mais il ne répond pas.

Ensemble, nous enjambons les trois cairns terriers que la femme de chambre sort promener. Nous rions en dévalant les cinq étages de ce bel immeuble haussmannien de l'avenue Foch.

Dehors, le chauffeur l'attend au volant d'une berline. Il lui sourit sans s'arrêter. Le grand aigle en pierre sculpté sur le frontispice de l'immeuble nous regarde nous éloigner côte à côte le long des contre-allées.

Jules allume une cigarette avec le mégot de la précédente. C'est le printemps, les oiseaux chantent, il fait beau et les galeries nous attendent. Jacques Seligmann, Paul Rosenberg, les frères Bernheim… Jules est bien accueilli par ses amis, ses pairs, marchands, précurseurs, amateurs d'impressionnistes comme lui.

Il semble flâner, mais rien ne lui échappe.

Il prend ma main et la pose sur une peinture. Délicatement, du bout des doigts, il me montre comment on effleure la toile pour en apprécier la texture.

Je rêve souvent de cette rencontre impossible avec mon arrière-grand-père.

Longtemps, j'ignorais tout de lui. Dans l'appartement où je suis née, sur l'étagère du salon, un livre couvert de poussière. Jamais je ne m'étais arrêtée pour ouvrir le catalogue de la « Vente Jules Strauss 1932 ». Je passais devant sans le voir, sans même savoir qu'il contenait les reproductions des toiles impressionnistes de la collection de mon arrière-grand-père.

J'aurais pu demander à mon père de me parler de Jules Strauss. Mais je ne l'ai pas fait. Il est mort quand j'avais vingt ans, sans que j'ose lui poser des questions sur la guerre, ses ancêtres, ses sentiments.

Sur le bureau de la sœur de mon père, ma tante Nadine, dans cet appartement qu'elle habite depuis plus de soixante ans, la petite photo en noir et blanc d'un vieux monsieur au regard mélancolique derrière ses lunettes rondes, aux cheveux gris soigneusement lissés, au costume de flanelle trop grand pour lui. Combien de fois a-t-elle évoqué son grand-père sans que je l'écoute vraiment, comme une musique de fond à laquelle je n'accordais aucune attention ?

Ceux qui pouvaient raconter disparaissent, et les questions que je n'ai pas posées s'évanouissent avec eux. Et puis, sans que je sache vraiment pourquoi, un jour le passé resurgit.

La première fois que j'ai rencontré Jules Strauss, c'était à un concert de musique brésilienne. Quel rapport entre *Cucurrucucu Paloma* de Caetano Veloso et mon arrière-grand-père Jules, mort en 1943 ? Aucun, et sa réapparition dans ma vie ce jour-là est une chose que je n'arrive toujours pas à m'expliquer.

*Novembre 2015.* Je regarde par la fenêtre la pluie tomber alors qu'il fait déjà nuit. Mes filles se disputent et je ne suis pas encore prête pour aller au concert auquel Henri et moi sommes invités. J'ai froid, je suis fatiguée de n'avoir pas réussi à écrire, ni à calmer mes filles. Quelle excuse pourrais-je bien trouver pour annuler ?

Et puis, la tentation de chasser mon humeur morose, de fuir la maison, la pluie, les cris, me pousse dehors. À moi Ipanema ! J'enfile une vieille veste en velours qui me donne des airs d'éternelle étudiante, j'embrasse Rose et Colombe, et je pars en taxi pour le Grand Rex.

Dans la salle encore presque vide, je reconnais de loin Alexis Kugel, mon ami antiquaire, fou de bossa-nova, qui nous a conviés à ce concert. Il est debout, en grande conversation, et de loin le contraste est drôle entre lui, de taille moyenne et plutôt rond, et celui à qui il s'adresse, grand et mince. Je voudrais aller me cacher dans mon fauteuil. Je n'aime pas interrompre les conversations, mais Alexis m'a vue et me fait signe :

— Salut, Pauline, voici Andrew.

Andrew et moi nous dévisageons en souriant comme deux enfants qui partagent le même secret. Tandis que les gens commencent à arriver, qu'ils nous bousculent pour s'installer, nous ne bougeons pas, amusés de nous retrouver ici, par hasard.

— Mais on se connaît déjà ! dit Andrew avec son fort accent anglais.

Ce chic jeune homme de cinquante-cinq ans est un cousin du côté de mon père. Il vit depuis trente ans en France mais il a gardé l'accent du pays où il est né. Impossible d'oublier ce physique si particulier, cet accent, cette présence. Ses cheveux ont un peu blanchi, son visage est plus émacié que dans mes souvenirs, mais je l'ai reconnu au premier regard, alors que je ne l'ai pas vu depuis plus de vingt ans. J'interprète cette rencontre comme un petit signe de mon père disparu.

— Tu aimes Caetano, toi aussi ? Je ne rate pas un de ses concerts.

Il me montre la petite caméra avec laquelle il compte tout filmer. Ce soir, Andrew est accompagné d'une fille sublime, sans doute mannequin. Moi je rajuste les boutons de ma vieille veste. Je m'étonne qu'Andrew lui adresse à peine la parole et ne nous présente pas, très occupé par les réglages de son appareil.

— Qu'est-ce que tu deviens ? me demande-t-il.

J'ai beau savoir que c'est une question de politesse et que ma réponse importe peu, je panique. La dernière fois que je l'ai vu, j'avais dix-huit ans, il m'avait gentiment prise en stage chez Sotheby's, la grande maison de vente pour laquelle il travaille encore. Je devais découper et coller des photos de tableaux passés en vente. C'était avant Internet, et la tâche m'avait paru ingrate et répétitive. Vingt ans plus tard, qu'est-ce que je deviens ?

J'écris, mais je n'ai rien publié. Je donne des conseils aux autres en espérant qu'ils y arriveront mieux que moi. Je ne voudrais pas être seulement mère au foyer. Je cherche l'inspiration, le courage de faire quelque chose d'autre.

— J'ai trois enfants, j'anime des ateliers d'écriture et… j'écris.

J'ai essayé de donner de l'assurance à ma voix, j'espère qu'il ne m'en demandera pas davantage. Heureusement, Andrew ne m'écoute plus, entièrement absorbé par le concert qui commence. Il est sous le charme de Caetano, alors que je m'ennuie déjà. Je ne reconnais pas du tout la magie de la bossa-nova que j'aime, Caetano joue de la guitare électrique et tout sonne trop fort pour moi.

Après quelques chansons de plus, il faut se faire une raison, Caetano n'a pas l'intention de reprendre ses grands tubes. Je partirais bien, mais Andrew pense que je suis fan moi aussi, et je ne veux pas interrompre cette soudaine et relative complicité entre nous.

J'essaie discrètement de me boucher les oreilles quand mon cousin se penche vers moi et m'assène sans préambule :

— Tu sais qu'il y a quelque chose de louche dans la vente Strauss ?

Ai-je bien entendu ? Je ne suis pas sûre de comprendre de quoi il parle. L'écho de ces deux mots résonne un long moment en moi. C'est comme si un minuscule recoin de ma mémoire, que j'avais oublié, et qui contient des souvenirs très anciens, s'éveillait doucement. La réminiscence de ces mots précède le souvenir précis de ce qu'ils évoquent. Que vient faire Jules Strauss, notre arrière-grand-père commun, au milieu de ce concert ? Étourdie par la musique et surprise qu'il aborde ce sujet, je me demande si je dois répondre ou bien faire comme si je n'avais rien entendu. Mais la curiosité est plus forte. Pourquoi le passé resurgit-il si brusquement et dans un lieu aussi inattendu ?

— Ah bon ? Pourquoi quelque chose de louche ?

Andrew continue de me parler, sans quitter des yeux Caetano. Je ne sais pas si c'est la musique ou le choc des révélations, mais la suite reste indistincte. Il est question, pêle-mêle, de danseuses de Degas, de Jules Strauss, notre arrière-grand-père, de ventes aux enchères, de nazis, d'acheteurs, de prête-noms, de tableaux ravalés, de listes…

Ce qu'Andrew me dit me plonge dans un trou noir, sans que je puisse déterminer si l'impression est agréable, bizarre ou angoissante. Je savais que Jules Strauss avait vendu sa collection de tableaux impressionnistes, mais voilà qu'Andrew remettait en cause les conditions de la vente et parlait même de nazis. Évidemment, Jules était juif ! Jusque-là, je n'y avais pas vraiment pensé. L'histoire qu'il me raconte m'entraîne dans un tourbillon. Et voilà comment Jules revient dans ma vie. Abasourdie, je ne sais même pas quelle question poser. Je ne vois plus Caetano Veloso, je n'entends plus rien, émue de retrouver cet aïeul méconnu.

Alors que tout le monde s'est levé pour la dernière chanson, je crie dans l'oreille d'Andrew :

— Mais je ne comprends pas, que s'est-il passé de bizarre lors de la vente aux enchères de Jules ?

— Je pense que Jules a été volé, me répond Andrew.

Je reste seule assise, alors que le public s'est levé pour accompagner en chœur la dernière chanson. Je me fiche pas mal de Caetano à ce moment-là, je suis en 1932. J'ai été bête de ne jamais interroger mon père. Maintenant, les questions se bousculent :

— Volé par qui exactement, je ne comprends pas ?

Andrew s'éloigne pour se coller à la scène et filmer son idole en gros plan.

J'attends la fin de la chanson pour le rejoindre. Il semble vraiment heureux, très occupé à cadrer les saluts de l'artiste, sous les acclamations du public.

— Tu sais que ma fille s'appelle Victoria Caetana ?

Je l'ai suivi devant la scène, ma veste sous le bras, le chignon défait, avec de nouvelles interrogations. Il me tend alors sa carte de visite.

— Appelle-moi, je t'expliquerai.

Je crois que Caetano a entamé un énième rappel, mais je n'entends plus rien. Je marche, pensive, vers la sortie et quitte le concert sans saluer personne. Mon mari me rattrape, curieux. Je n'arrive pas à lui répondre, je voudrais rester dans cet univers familial, lointain et mystérieux.

De retour à la maison, je tente de raconter à Henri les bribes que j'ai saisies. Il me fait répéter plusieurs fois, me pose mille questions pour que je remette l'histoire dans l'ordre. Andrew a retrouvé une liste de tableaux que notre famille avait déclarés volés pendant la Seconde Guerre mondiale. Ce sont pourtant des tableaux que Jules Strauss aurait vendus en 1932. Il pense que ces tableaux n'ont peut-être pas été vraiment vendus.

— Quels tableaux figurent sur la liste d'Andrew ? veut savoir Henri.

Degas, Renoir, Monet… Je ne sais plus, moi. Andrew s'y connaît, lui, puisque la vente de tableaux impressionnistes et modernes est un métier de famille. Il sait sûrement de quoi il parle !

J'aurais dû poser plus de questions, mais je n'ai pas osé, pas pu. Saisie par l'étrangeté de la situation, je n'ai pas eu la présence d'esprit de demander des précisions. Je pense à mon père. Que savait-il de son grand-père et pourquoi n'en parlait-il jamais ?

Henri collectionne tout ce qui vient de son ancêtre maréchal de France. Les bustes, les portraits, les soucoupes et même les boutons de livrée aux armes de sa famille. Il aime l'histoire et la généalogie et se passionne pour la mienne. Que sais-je de mon arrière-grand-père Jules Strauss ? Je crois qu'il est né quelque part en Allemagne, mais je ne me souviens ni du lieu exact ni de la date, et je n'ai jamais entendu personne parler allemand dans mon enfance.

« C'était un grand collectionneur d'art, qui a été obligé de vendre ses toiles impressionnistes dont une seule suffirait aujourd'hui à faire notre fortune » est la phrase qui revenait souvent dans nos réunions de famille. Obligé de vendre ses tableaux pour aider ses gendres ruinés. Je crois que c'est pour ça que nous ne voyons jamais les cousins de mon père, entre rancœurs et non-dits.

Chaque famille a son paradis perdu, le mien s'appelle Jules Strauss. Dans la légende familiale, la grande vente aux enchères de 1932, dont on ne parlait pas, a marqué le déshonneur, la fin de l'âge d'or. Maudite vente qui a fait basculer ma famille paternelle du statut de grands collectionneurs éclairés et précurseurs en matière d'art à celui de famille bourgeoise classique, banale, que visitent parfois les regrets d'un éclat disparu.

Je me rappelle juste avoir entendu parler, enfant, de « baigneuses » de Renoir que Jules avait été obligé de vendre, et de la valeur qu'elles auraient aujourd'hui. Un sentiment de perte m'avait effleurée. Le soir, dans mon lit, j'aimais rêvasser à ce qu'aurait été notre vie sans la dispersion de ces tableaux. Mais à quoi bon regretter ce que l'on n'a jamais connu ? Je choisis de ne plus y penser.

Henri écarquille les yeux quand je lui raconte le peu que je sais de Jules Strauss. Il saisit mon ordinateur et lance une recherche « Vente Jules Strauss ». Je n'imagine pas une seconde qu'il soit possible de retrouver la trace d'un homme mort soixante-dix ans plus tôt. Mais je me trompe, sur eBay des exemplaires de « Ventes Strauss » sont immédiatement disponibles. Pas seulement une vente en 1932, mais aussi deux autres en 1949 et en 1961.

— Tiens, achetons-les ! me propose-t-il.

Une simple recherche « Jules Strauss » donne accès à des dizaines de références, d'images de tableaux jamais vus, d'articles dans des revues d'art.

— Attends, tu vas trop vite !

Je voudrais dormir, je voudrais qu'il s'arrête là. Demain je regarderai, peut-être, quand je serai seule.

Henri trouve même la date de sa mort, 1943. Je ne savais pas qu'il était mort pendant la guerre. Je ne lui avais jamais parlé de mon arrière-grand-père. Henri me demande :

— Il n'a pas été déporté ?

— Non, il est mort de vieillesse.

Je me rends compte de l'insuffisance de ma réponse. Après des décennies de silence, voir apparaître ces informations en quelques secondes sur l'écran me semble trop rapide, trop violent. Je prie Henri de remettre cette recherche au lendemain. Mais il continue, passionné, et tape sur le clavier « Collections juives volées » et « Collections juives pendant la Seconde Guerre mondiale ». Le nombre de références est vertigineux ;

des articles historiques, des articles de presse, des bibliographies, des sites de recherche par nom de famille ou par nom d'œuvres. Je voudrais dormir, oui, et en même temps je ne peux pas m'empêcher de garder un œil ouvert, rivé sur l'écran. Pourquoi ne m'étais-je jamais demandé comment Jules Strauss, collectionneur juif, avait traversé la guerre ?

— Tu le tiens peut-être, ton sujet ?

Henri sait que je veux écrire depuis si longtemps que je l'aime de m'en croire encore capable.

Mais le temps passe et je n'y suis pas encore. Et puis, ce n'est pas juste un sujet, c'est ma famille, c'est mon histoire. J'ai sommeil et j'ai peur. Quels secrets vais-je découvrir ? Je préfère me coucher, ne pas en parler.

Quelques jours seulement après le concert, c'est encore Henri qui m'incite à regarder un documentaire :

— Mais prends des notes !

Il me tend un stylo, je somnole, comme à chaque fois qu'un sujet me touche un peu trop, en regardant *Spoliation nazie,* de Rachel Kahn. Elle suit trois œuvres ayant appartenu à des collectionneurs juifs, depuis leur spoliation par les nazis jusqu'à leur restitution. La *Femme assise* de Matisse a été identifiée par une chercheuse sur une photo représentant Goering venu faire son marché au Jeu de Paume. Ce tableau appartenait au grand marchand d'art Paul Rosenberg. La chercheuse s'appelle Emmanuelle Polack. Elle est brillante. J'ouvre l'œil. Henri est catégorique, c'est elle que je dois appeler. Mais je ne suis pas encore prête.

II

# Souvenirs à vendre

*Janvier 2016.* Ma tante Nadine m'attend debout, appuyée sur sa canne, devant la porte d'entrée de l'appartement familial. Pour moi, elle a mis un joli chemisier en soie, ses sautoirs de toutes les couleurs autour du cou. Selon le rituel qui est le nôtre, je la suis qui marche doucement vers le salon. J'allume les lumières pour éclairer l'appartement trop sombre, je baisse le radiateur brûlant, j'éteins la télévision. Nadine propose de me faire du café, je refuse pour ne pas la fatiguer. Nous nous asseyons l'une en face de l'autre dans le salon.

Ma tante m'a invitée pour me confier les boucles d'oreilles qu'elle veut vendre. À quatre-vingt-onze ans, ce n'est pas la première fois qu'elle s'inquiète de manquer d'argent. « Je ne pensais pas vivre si longtemps », me dit-elle. Et moi je me réjouis qu'elle soit encore là.

Pendant qu'elle cherche ses bijoux cachés au fond d'un placard, je me promène dans le salon où rien n'a changé depuis les déjeuners du dimanche de mon enfance. Je regarde les tableaux, sur leur tenture jaune fanée, comme si je les voyais pour la première fois. De qui est ce beau portrait de femme au-dessus du canapé vert ? Et ces peintures jaune et bleu aux motifs chinois au-dessus de la table de la salle à manger ? Je m'arrête un instant devant les petites corniches en bois sculpté, le joli bureau Louis XV un peu abîmé. Est-ce tout ce qu'il reste des Strauss ?

Nadine a retrouvé les bijoux. Ce ne sont pas vraiment des boucles d'oreilles, plutôt des clips en forme de coquillages que les femmes accrochaient autrefois à leurs vêtements. L'une de ses tantes les lui a transmis. Elle avait un lien avec Suzanne Belperron, la créatrice de bijoux si en avance sur son temps, aujourd'hui collectionnée par les plus grands amateurs. Résistante, alors que Bernard Herz, le bijoutier pour lequel elle travaillait, avait été déporté, elle a tout fait pour sauver la famille et l'entreprise. Je n'ai pas très bien suivi quels sont ses liens avec notre famille. Je demande à Nadine :

— Quel rapport y a-t-il entre la dessinatrice de bijoux et tante Andrée ?

— Suzanne Belperron dessinait pour le bijoutier Herz. Et tante Andrée était la belle-sœur de Bernard Herz.

— Il était juif ?

— Mais oui, tout le monde était juif ! me répond Nadine en riant.

Il faut entendre : « Tout le monde était juif autour de nous. » L'histoire des clips de Nadine m'intéresse moins que celle des Strauss :

— Te souviens-tu de la grande vente Strauss de 1932 ?

— Mais, Pauline, j'avais sept ans ! On habitait alors chez nos grands-parents et ils ne parlaient pas de ces choses-là devant les enfants.

— Pourquoi Jules a-t-il vendu ses impressionnistes ?

— Ses deux gendres étaient ruinés après le krach boursier de 1929, et mon père avait tout son argent en Bourse… C'est pour ça qu'on s'est installés chez mes grands-parents.

La mère de Nadine, Élisabeth, ma grand-mère, a emménagé dans le grand appartement de ses parents Marie-Louise et Jules Strauss, 60, avenue Foch, avec Louis, son mari, et leurs deux enfants : mon père, Philippe, l'aîné, et sa petite sœur Nadine. Je m'approche d'une console pour regarder la petite photo en noir et blanc d'un couple âgé qui pose, debout, dans une rue pavée. La photo est ancienne et les traits de leurs visages, indistincts. Lui, grand, mince, élégant, et, à ses côtés, une femme plus petite coiffée d'un joli chapeau.

— C'est bien Marie-Louise et Jules Strauss sur la photo ?

Nadine acquiesce.

— Quand a-t-elle été prise ?

— Juste avant la guerre, je pense.

— Où étaient-ils en 1940 ? Vous avez quitté la France, mais eux, où étaient-ils ?

— Ils sont restés à Paris, chez eux.

— Mais comment ont-ils échappé aux nazis ?

— Bon Papa était déjà vieux, tu sais.

Comment ai-je pu travailler deux ans à l'écriture d'un scénario sur les coulisses du procès de Nuremberg, écouter et lire des dizaines de témoignages des plus grands criminels nazis et de leurs victimes, et ne pas même remettre en question la version officielle ? Celle d'une famille qui, à l'exception d'un gendre déporté, a eu la chance de traverser la guerre saine et sauve ?

Ce jour-là, pour la première fois, je perçois qu'il y a quelque chose qui ne colle pas. Comment un couple juif de collectionneurs fortunés, même âgé, a-t-il pu rester tranquillement à Paris pendant la guerre ? Ce sont deux inconnus que je regarde. Je ne sais rien d'eux ni de ce qu'ils ont traversé ensemble.

— Nadine, j'ai croisé par hasard Andrew, c'est drôle, non ? Il pense qu'il y a quelque chose de bizarre dans la vente de 1932 ? Qu'en penses-tu ? Tu crois que Jules aurait pu être volé ?

Nadine hausse les épaules.

— Quelle drôle d'idée ! Mais non, absolument pas.

Je n'insiste pas. C'est une très vieille dame, et ce jour-là, alors qu'elle se sépare de bijoux auxquels elle tient, je n'ose pas lui en demander davantage. La ruine de son père n'a pas dû être facile, mais elle n'en parle jamais. Elle préfère se remémorer son enfance choyée par son grand-père, dans le luxueux cadre de l'avenue Foch, me raconter le poney qu'il lui avait offert, le chauffeur qui l'emmenait chercher des pâtisseries chaque jour après l'école.

Je me laisse bercer par ces souvenirs et, par habitude, j'ouvre la petite boîte en argent dans laquelle il n'y a plus de bonbons depuis longtemps. Sur un pan de mur à demi caché par la méridienne, je m'arrête un instant devant la petite huile qui représente une femme nue couchée dans un champ fleuri.

— Et le petit tableau, là, c'est un Renoir, n'est-ce pas ?

Nadine rit.

— Oui, enfin… Un faux Renoir ! La dernière fois que Michel, le père d'Andrew, est venu à Paris, il l'a regardé à nouveau, eh bien il est toujours faux !

Nous nous retrouvons quelques jours plus tard, chez un antiquaire auteur d'un livre sur Suzanne Belperron, avec qui Nadine a pris rendez-vous. Il regarde les bijoux et propose de les acheter tout de suite. Nadine est intéressée.

Je lui suggère de réfléchir quelques jours. L'antiquaire insiste. Son empressement me paraît suspect. Alors je demande à ma tante de prendre d'autres avis, mais elle refuse. Je me fâche contre l'antiquaire, contre Nadine. Nous sortons toutes les deux ébranlées de ce rendez-vous. J'ai le sentiment un peu humiliant qu'une vieille dame si pressée de vendre ne peut que se faire avoir. Je vais m'occuper de demander d'autres expertises.

Quelques jours plus tard, je vais seule cette fois dans une maison de vente aux enchères pour m'enquérir de la valeur des clips de Nadine. Face à l'experte qui les trouve très beaux, je m'emmêle encore sur leur origine. Qui était cette tante, déjà, quel lien direct avait-elle avec la fameuse Belperron ? Je ne savais pas que le détail de leur histoire donnait de la valeur aux bijoux. J'appelle Nadine :

— Redis-moi qui était tante Andrée pour toi ?

— La femme du frère de ma grand-mère Marie-Louise Strauss. Il s'appelait Herbert Kahn. À sa mort, tante Andrée m'a légué ces clips, elle savait que je les aimais.

Nadine n'a rien oublié de ces ancêtres qui ne me disent rien. Quand les bijoux seront vendus, que Nadine aura disparu, que nous restera-t-il de ces souvenirs ? Pas très fière d'être la nièce qui refourgue les bijoux de famille, je m'apprête à quitter la maison de vente, mélancolique. Je m'arrête un instant dans le hall en marbre et ressors de ma poche la carte de visite qu'Andrew m'a donnée au concert. « Appelle-moi, je t'expliquerai », m'avait-il dit. J'hésite un instant. Comme il travaille là, j'aurais pu lui demander conseil. Mais je ne veux pas qu'il sache que tante Nadine vend ses bijoux. Surtout, je ne veux plus être la mauvaise branche, qui, par ses placements peu avisés, a privé toute une famille, sur plusieurs générations, de chefs-d'œuvre inestimables. Tandis que la branche d'Andrew a gardé sa fortune et, aidée par la renommée de Jules, a continué de faire rayonner de père en fils le nom de Strauss dans le monde de l'art et a aussi sans doute continué d'acquérir des œuvres d'art, tandis que nous nous demandions que vendre.

Mais, dans ce hall froid et luxueux, comme une réponse à la colère et à la honte que je ressens depuis la visite chez l'antiquaire, j'envisage une nouvelle possibilité, celle de récupérer les trésors disparus de ma famille. Cette idée folle me donne du courage et de l'espoir. Je veux être le chevalier sans peur et sans reproche qui retrouve les trésors et lave l'honneur de sa famille.

La décision d'appeler Andrew ce jour-là marque le début de mon enquête.

Andrew me répond tout de suite. Il est encore au bureau et me dit de l'attendre. Quelques minutes plus tard, il me rejoint dans l'entrée de marbre noir, intimidante. Je remarque une nouvelle fois, tandis qu'il sort de l'ascenseur, sa minceur, son élégance, dans son costume noir cintré. Il me sourit, aimable. Il semble chez lui et s'installe au standard, vide à cette heure.

— Andrew, tu sais, l'autre jour, tu m'as parlé de tableaux volés. Je n'ai pas très bien compris… Il y avait du bruit. Est-ce que tu peux m'expliquer ?

Il déchire une page sur le bloc de la téléphoniste. Et, sous mes yeux, il note au crayon quelques noms de tableaux déclarés volés. Cette liste me laisse sans voix, j'ai beau être assez nulle en histoire de l'art, trois Degas, quatre Renoir, deux Sisley, deux Monet…

— Andrew, qui les a déclarés volés ? Quand ? De quelle manière ?

Comme la première fois qu'il m'a parlé, je suis sidérée. Je n'ose toujours pas poser toutes les questions qui me viennent à l'esprit. À la curiosité se mêle la peur. Ai-je vraiment envie d'être liée à cette histoire ? Je pourrais partir et ne plus jamais y penser. Je me suis déjà associée un peu malgré moi aux problèmes de Nadine, je n'ai pas l'intention de prendre en charge des affaires qui remontent à deux générations, de résoudre des secrets de guerre et de spoliations nazies.

Je souris à Andrew alors que je n'ai qu'une envie, fuir. Gardez vos bijoux et vos tableaux et laissez-moi rentrer chez moi m'occuper de mes enfants !

Mais Jules me fait signe, il est sur le pas de la porte, je ne peux pas me détourner.

## III

# Le catalogue de vente

Le premier tableau de la liste griffonnée par Andrew est le *Portrait de Jacques de Nittis enfant*, un pastel de Degas.

Le fils d'un peintre italien connu, ami de Degas, se tient debout et dessine sur l'assise d'une chaise. Drôlement habillé, ce petit écolier est vêtu d'une jupe plissée courte au motif écossais et de collants rayés. Il a cinq ou six ans. Les cheveux en bataille, il est courbé sur sa feuille, un crayon à la main. De profil, la tête penchée sur son dessin, il donne une impression paradoxale et gracieuse de fouillis et d'application. Comme ma fille Colombe, si concentrée quand elle dessine, oubliant le reste du monde. Je me demande si mon arrière-grand-père aimait ce temps suspendu du dessin, de l'enfant dans son monde imaginaire, de l'adulte qui le contemple, pour qui plus rien n'existe d'autre que ce petit garçon qu'il aime.

Une autre feuille est chiffonnée aux pieds de

l'enfant. Les teintes toutes de beiges et de marron sont éclairées par une tache rouge sur sa jupe et un aplat bleu de part et d'autre d'un personnage à cheval, jouet que le petit garçon a posé sur l'accoudoir de sa chaise.

Sur l'écran de mon ordinateur, la photo de ce pastel est apparue tout de suite, il n'existe qu'un seul petit écolier, mais il est plus difficile d'identifier les autres tableaux dont Andrew m'a rapidement noté les noms. À *Roses dans un vase* de Renoir, je trouve une vingtaine de natures mortes sur Internet. Quant aux *Danseuses sur des pointes* de Degas, est-ce le groupe de danseuses roses ou les danseuses en bleu ? Beaucoup de portraits de jeunes filles avec des rubans dans les cheveux, mais pas de *Jeune fille au ruban rouge* de Renoir. J'ai besoin de plus de détails. Il me faut absolument le catalogue de la vente Strauss de 1932.

Il paraît que mon père voulait me prénommer « Brocante ». Chaque visite dans l'appartement de mon enfance, où ma mère vit désormais seule, me rappelle sa passion. La collection que mes parents ont composée ensemble, bien plus modeste que celle de Jules, est constituée de centaines d'objets d'art populaire. Depuis toujours, dans le salon, une majestueuse statue en bronze de Louis XIV à cheval dans sa tenue drapée à l'antique, une épée autour de la taille, et qui jadis appartenait à Jules Strauss, veille affectueusement sur les compas d'épaisseur, les petits chefs-d'œuvre de compagnons, et les polygones en cuivre. Petite, j'avais le droit de toucher à tous ces drôles de bibelots mais je savais que le cheval de bronze était bien plus précieux, et je ne caressais qu'en cachette sa surface douce et lisse. Un jour, je tentai de voir si ce cheval qui ne servait à rien pouvait s'articuler, ce qui l'aurait rendu plus amusant, et je décrochai l'épée de Louis XIV, que je remis le cœur battant à sa ceinture, sans me faire prendre.

Quelques jours après qu'Andrew m'a donné la liste de tableaux, je vais interroger ma mère. Amusée par ma curiosité soudaine, elle prend dans sa bibliothèque un catalogue jauni que mon père conservait là depuis toujours. Je n'avais jamais prêté attention à cet exemplaire poussiéreux de la vente de 1932.

En tournant rapidement les pages, je reste sans voix, impressionnée par les noms des peintres et émerveillée par les reproductions des tableaux, des danseuses, des baigneuses, des paysages de printemps ou sous la neige, dont je reconnais la manière, les motifs. Sans que j'y connaisse rien, je sens confusément que ce sont des chefs-d'œuvre. Je ne suis plus dans la vieille bibliothèque touffue et débordante de mon père mais dans les grandes salles claires d'un musée, et je me promène entre les œuvres de Degas, de Renoir, de Vuillard et de Boudin.

Les chiffres annotés à la main dans la marge sont-ils des prix d'estimation ou des prix de vente ? Ma mère n'en reconnaît pas l'écriture.

— J'ai aussi trouvé ça pour toi, me dit-elle en me donnant deux autres catalogues : « Vente Strauss 1949 » et « Vente Strauss 1961 ».

En les feuilletant, je découvre encore des dizaines de tableaux du XVIIe et du XVIIIe siècle, italiens, Rubens, Titien, et surtout français, Watteau, Fragonard, Pater. Des meubles anciens, de l'argenterie, des porcelaines… Je n'avais aucune idée de la valeur de ces trésors. Comment se fait-il que mon père ne m'en ait jamais parlé, qu'il ne m'ait pas montré ces tableaux ? Alors, j'interroge pour la première fois ma mère :

— Que sais-tu de Jules Strauss, que te disait papa ?

— C'est le grand homme de la famille, celui que ton père admirait le plus, pour son intelligence et sa gentillesse, sa culture et sa curiosité. C'est lui qui emmenait ton père chez les antiquaires et dans les musées.

Je me demande alors pourquoi, s'il était si important pour lui, il ne nous en parlait pas.

— Souffrait-il de la vente des objets de sa famille, de la perte de cette collection ?

— Non, il était trop intelligent pour ça, me répond-elle. Et puis ton père aimait les livres, les auteurs, plus que les peintres. Son grand-père lui a offert quelques beaux livres lorsqu'il était enfant. Parmi les écrivains, Jules n'aimait que Balzac.

Je me souviens que mon père, à la fin de sa vie, avait racheté une collection complète de *La Comédie humaine*, qu'il lisait tous les étés.

Ma mère est née en 1940 à Toulouse. Au moment même où mon père quittait Paris pour la zone libre. Je lui demande si mon père lui parlait à elle, plus qu'à ses enfants, de la guerre.

— Très peu, et seulement pour raconter des anecdotes, des plaisanteries. Dans la 2e DB du général Leclerc, ton père était opérateur radio, et parfois, trop ému, il tremblait tant qu'il ne pouvait plus communiquer en morse. Et puis, dans le bateau, pendant le débarquement en Normandie, il s'est assis sur ses lunettes !

Oui, je les connais bien ces histoires et je souris pour faire plaisir à ma mère. Mais le cœur n'y est pas. Je ne peux imaginer que ce soit seulement par pudeur, par discrétion, que mon père ne m'a rien raconté.

## IV

# Le fantôme du musée

Loin de la maison et des enfants, j'aime rester des heures assise à mon bureau, dans le petit rez-de-chaussée à large verrière que je loue pour animer des ateliers d'écriture. Je regarde à travers la vitre les fleurs rose vif du camélia qui fleurit même en février. Il faudrait que je commence à organiser un nouveau stage, mais je n'ai pas d'idée, ni de date. Une seule chose m'intéresse, les dix tableaux de la liste d'Andrew, dont j'ai accroché les photocopies sur les murs, tout autour de moi.

Les dix tableaux de la liste d'Andrew sont tous dans le catalogue de la vente de 1932. Le papier est très jauni, les photos sont en noir et blanc, et pourtant, *Les Pins parasols, Cap d'Antibes* de Monet resplendit. Je suis éblouie par la grande simplicité de la composition, juste une rangée de pins, et derrière, le ciel et la mer ; par la beauté de la lumière et des couleurs ; par la grande sérénité qui se dégage de ce paysage.

C'est exactement le sentiment que m'inspire la Méditerranée, le ciel si bleu après le mistral, la petite route que j'ai souvent empruntée, qui traverse la terre rouge, la grâce des pins parasols qui semblent flotter comme des nuages d'un vert profond, entre Vidauban et La Garde-Freinet dans le Var. Je découvre facilement que le tableau se trouve aujourd'hui dans une collection privée.

*Le Départ de la course* de Degas, qui fait partie de la liste, aussi appelé « Les Cavaliers », est aujourd'hui à la National Gallery of Art de Washington. Sur le site Internet du musée, la généalogie du tableau est bien maigre, on passe directement de Jules Strauss (1932) à Paul Mellon (1950), le grand mécène fondateur du musée à qui il a donné sa collection personnelle.

Pourquoi mon cousin pense-t-il que ces tableaux ont été volés ? D'où vient cette liste ? Qui la lui a transmise et comment ? Puisqu'il connaît le marché de l'art, pourquoi n'a-t-il pas résolu l'énigme tout seul, pourquoi m'en parler à moi ? J'ai un arrière-grand-père collectionneur, mais je ne sais rien de l'histoire de l'art, ni de la peinture. Quel dommage que je n'aie rien appris pendant mon stage au département impressionniste d'Andrew. À l'époque, je collais sur des fiches cartonnées des images que je regardais à peine, alors qu'aujourd'hui je me passionne pour la généalogie des tableaux de Jules. Plus que l'histoire de l'art, ce sont les histoires des tableaux qui m'intéressent.

J'essaie de joindre mon cousin, mais il n'a pas le temps de répondre à toutes mes questions, il a trop de travail. Alors je cherche sur Internet, sur les sites des musées dans lesquels les tableaux de cette fameuse liste sont aujourd'hui exposés, dans les bibliothèques. Petit à petit, les murs de mon bureau se couvrent de feuilles annotées, d'images imprimées, de questions et de pistes. Je ne retiens pas toujours ni les noms ni les dates, mais j'aime les énigmes, les mystères. J'ai besoin de savoir la vérité, de comprendre ce qu'il s'est vraiment passé entre 1932 et 1940. J'apprends et j'enregistre tout en accéléré, comme si un peu de la curiosité de mon aïeul m'était transmise. Cet intérêt soudain n'est pas uniquement lié à un amour tardif de l'art. Plus que les tableaux eux-mêmes, j'aime leur parcours, passant d'un propriétaire à l'autre et traversant les époques. Mais pour connaître la vie d'un tableau, Internet ne suffit pas. Puisque je fais des recherches sur les impressionnistes, c'est au musée d'Orsay que je vais poursuivre mes investigations.

Par une entrée discrète de la rue de Lille qu'empruntent seulement les employés et les chercheurs, on peut, sur simple présentation de sa carte d'identité, accéder au centre de documentation et à la bibliothèque du musée. Je traverse la foule des visiteurs par une petite passerelle latérale dans le grand hall de l'ancienne gare. Je ne regarde ni les merveilleux Courbet, ni les sculptures de Rodin, ni l'immense horloge sur la verrière. D'un pas fébrile, je sonne à la porte dérobée qui permet d'accéder aux archives, au sanctuaire du lieu, l'indispensable partie immergée des collections. Encore un contrôle d'identité, un casier obligatoire, puis un ascenseur qui va des réserves, au sous-sol, jusqu'aux bureaux des conservateurs tout en haut. Le quatrième étage, moderne, un peu froid, avec une moquette synthétique, réunit les deux départements qui m'intéressent, la documentation et la bibliothèque. Au hasard, je commence par le plus proche, la documentation ; un long couloir qui distribue des petites salles, comme des alcôves, aux murs couverts d'étagères de cartons bruns.

Mis à part la vue magnifique sur la Seine, l'ensemble est simple, modeste, à dimension humaine. On sent l'accumulation de documents, le manque de place, un peu de poussière et d'étude. Je repère tout de suite un immense mur de cartons « Degas », divisés en « Danseuse seule », « Répétitions », « Groupes de danseuses roses » ou « Danseuses bleues ». Je n'ai qu'une envie, les ouvrir.

— Madame, vous avez votre carte ?

Je suis passée trop vite devant le bureau

d'entrée derrière lequel une femme brune me fait signe. Tout le monde peut accéder aux cartons de la documentation, à condition de justifier de sa présence et de s'inscrire.

— Quel est votre sujet d'étude ? me demande-t-elle.

— Degas, Renoir, Monet…

Elle me regarde, l'air interrogateur… C'est un peu flou. Combien de centaines de chercheurs, d'étudiants, planchent sur ces peintres ? Je préfère dire la vérité, je ne suis pas étudiante.

— Je fais des recherches sur mon arrière-grand-père.

Elle ne quitte pas sa mine dubitative, la généalogie ne fait sans doute pas partie des sujets d'étude autorisés ici. Je sens qu'elle ne me laissera pas entrer.

— Il s'appelait Jules Strauss.

Son visage s'éclaire aussitôt.

— Ah, Jules Strauss, bien sûr, le collectionneur !

Il suffisait de connaître le mot de passe ! Merci, Jules, je n'aurais jamais cru que ton nom avait un tel pouvoir. Je voudrais danser dans les couloirs, regarder tous les documents en même temps. Sans même attendre la fin de ses explications, je me précipite sur les « cartons de collectionneurs », de grosses boîtes d'archives de toile marron, rangées sur des étagères de l'accueil, avec des noms tracés à la main. Je saisis, fébrile, le carton archivé « Strauss à Strauss ». Comme si les documents m'attendaient depuis toujours, il y a bien une épaisse chemise « Jules Strauss ».

— N'oubliez pas le fantôme ! me prie la dame alors qu'elle pose une grande fiche cartonnée sur l'étagère, à la place de la boîte empruntée.

Le « fantôme » est le nom du carton plat qui signale la place du dossier manquant. J'ouvre la lourde chemise Jules Strauss. Première surprise, je ne savais pas que sa collection avait cette ampleur. Les tableaux impressionnistes qui sont passés entre ses mains sont bien plus nombreux que ceux du catalogue de vente de 1932. Des dizaines de Degas, de Monet, de Renoir et de Sisley achetés entre 1890 et 1930...

Une sous-chemise « Vente 1902 ». Depuis son arrivée à Paris vingt ans plus tôt, Jules a constitué une remarquable collection d'impressionnistes, parmi lesquels dix-sept Sisley. Ce peintre n'a eu de reconnaissance que quelques mois après sa mort en 1899, avec le succès de la vente organisée par son ami Claude Monet.

Dans l'introduction du catalogue de la vente Strauss, le critique d'art Arsène Alexandre, spécialiste de Sisley, souligne la beauté des œuvres choisies : « Nulle part ailleurs je n'ai vu un choix plus heureux, plus rare et plus complet de ses œuvres », et il ajoute : « Le possesseur de cette collection a réuni nombre de notes particulièrement délicates, des harmonies exquises de finesse et de douceur. Ciels merveilleux, coins de village, eaux transparentes, impressions de Louveciennes, [...], rien ne manque pour faire connaître et aimer Sisley. » Et cette appréciation sur Jules : « L'ensemble de la collection révèle un homme de goût sûr et excellent qui a préféré la valeur supérieure des œuvres à leur quantité. C'est par là que cette vente Strauss va être un événement dans les annales de l'impressionnisme et de l'école moderne. Quand une collection homogène est mise en vente, c'est un enseignement qui s'éparpille. » Un article de l'époque écrit que cette vente lui a valu le surnom de « Monsieur Sisley ».

Dans une deuxième chemise, les œuvres vendues en 1932. Rien de plus que ce que je trouve dans le catalogue. Entre les deux ventes, Jules a dû acheter plus de trente Degas, autant de Renoir. Quelques tableaux de Delacroix, un Courbet, la liste s'allonge et mes questions aussi. J'ai couvert mon cahier de notes désordonnées, pris trois fois en photo chacun des documents, comme pour être sûre de garder des preuves de mes découvertes. Parce que je n'en crois pas mes yeux, pour m'assurer que tout est bien réel, que je ne rêve pas. Mon arrière-grand-père était-il vraiment un grand collectionneur d'impressionnistes, parmi les premiers ? A-t-il connu certains de ces peintres de leur vivant ? Je me demande comment lui est venu ce goût, comment il les a découverts et a appris à les aimer, lui qui avait tout juste vingt ans quand il est arrivé d'Allemagne. Pourquoi les a-t-il tous perdus ? Que sont devenus les chefs-d'œuvre de Jules ?

V

# Sur la trace de Jules

Chaque jour, dès l'ouverture, j'emprunte l'entrée des chercheurs. Je montre mon passeport, je colle l'autocollant « Visiteur » sur mon manteau. J'aime surtout les lundis, jours de fermeture d'Orsay, où j'ai le musée pour moi toute seule. Dans le grand silence, je me hâte sur la passerelle, pressée d'ouvrir la petite porte dissimulée qui me conduit à l'autre entrée, celle du monde caché, des coulisses du musée. Je laisse toutes mes affaires dans un casier et je prends l'ascenseur jusqu'au quatrième étage.

La dame de la documentation m'accueille maintenant avec un petit sourire, et me tend le fantôme. Je monte sur un escabeau et je regarde les cartons de fiches des œuvres. Comme les photocopies des catalogues sont de mauvaise qualité, elle me conseille d'aller chercher de meilleures reproductions à la bibliothèque, qui se trouve juste en face.

Au bout du couloir, Jules me sert encore

une fois de sésame. Quand je l'évoque avec la bibliothécaire, elle m'écoute avec attention et me demande immédiatement :

— Pensez-vous que la collection de votre arrière-grand-père ait été spoliée ?

Cette question directe ne me surprend pas, elle énonce enfin l'hypothèse que je n'osais pas formuler.

— Peut-être, je ne sais pas…

— Attendez-moi ici un instant.

Elle saisit une feuille et un crayon, et nous nous asseyons côte à côte dans la petite salle de lecture, vide à cet instant.

Cette belle femme au visage maquillé de teintes nacrées a un nom grec et un accent allemand. Son visage est encadré par les montures sévères de ses lunettes, mais son regard est tendre. Elle a réuni une sélection de livres sur la spoliation de tableaux, et créé une nouvelle cote de classement. Pendant qu'elle me parle, je me demande si cette histoire la touche. Je lui confie que je sais à peine ce que je cherche, que je ne connais rien à l'histoire de l'art, rien au *modus operandi* des spoliateurs nazis.

De manière méthodique, elle m'interroge et prend des notes :

— Qui étaient les amis de Jules Strauss, les marchands qu'il fréquentait, quels étaient ses habitudes, ses relations, ses traits de caractère ?

Comme je ne peux répondre à aucune de

ses questions, Helena Patsiamanis me conseille d'aller voir les membres de ma famille, de les interroger et de les enregistrer. Pour essayer de retrouver des papiers, des photos chez mes oncles et ma tante Nadine. Il faut aussi tout lire sur le milieu des collectionneurs juifs d'avant-guerre.

— Il vous faut dresser le portrait psychologique de Jules Strauss. Essayez d'en apprendre le plus possible sur lui, sa personnalité, ses goûts, son esprit. C'est le seul moyen de comprendre comment il a réagi aux événements de la guerre, quelles décisions il a prises.

La rigueur de son approche me fait sursauter. Qui pourra me parler de Jules, mort il y a plus de soixante-dix ans ? Je pense à mes oncles, que je ne vois jamais. Il va me falloir du courage pour les interroger.

— Vous devenez la détective de l'histoire de votre famille. Tous les détails comptent.

Mais je ne suis pas détective privée, moi ! Elle me parle avec sérieux et j'imagine un mur avec des photos, des ficelles et des petits drapeaux ; comme on en voit dans les films policiers. Avant tout, elle me recommande de partir de la liste donnée par mon cousin. Helena m'explique que pour chaque tableau, patiemment, il faut que j'essaie d'établir la « provenance », c'est-à-dire l'histoire, le parcours de l'œuvre, depuis ses origines, sa création, jusqu'à nos jours. Quand et comment il est passé d'un propriétaire, d'un collectionneur, d'un marchand à l'autre. C'est ce voyage des œuvres d'art, leur généalogie, qu'il me faut chercher à retracer le plus précisément possible. Je crois que c'est ce que j'avais commencé à faire avant même de connaître le beau nom de « provenance ».

Je découvre l'existence des « catalogues raisonnés », somme répertoriant de la manière la plus exhaustive possible les œuvres connues d'un peintre. Je manipule avec impatience les quatre grands volumes de l'œuvre de Degas. Dans l'index, le nom de mon arrière-grand-père apparaît de nouveau. La collection Strauss augmente encore, plus de vingt Degas ont appartenu à Jules.

À l'étonnement succède une nouvelle fois l'incompréhension. Si seulement mon père avait pu me parler de ces œuvres, m'emmener les voir dans les musées…

En suivant les conseils d'Helena, je découvre que le *Portrait de Jacques de Nittis enfant* a été mis deux fois en vente par Jules Strauss. Une première fois en 1902, lors de la première vente Strauss, puis une deuxième fois en 1932.

N'est-ce pas un élément du profil psychologique dont me parle Helena Patsiamanis ? L'a-t-il acheté et revendu au gré de sa situation financière ou bien parce qu'il avait changé de goût ?

Je confie à Helena mon doute : si les œuvres ont été vendues en 1932, comment ont-elles pu être ensuite volées ? Elle m'explique qu'elles n'ont peut-être pas été vendues en 1932, mais « ravalées ». Ce terme désigne les tableaux qui ne trouvent pas d'acheteurs lors de ventes aux enchères ou ceux qui sont retirés de la vente. Ils ont donc pu rester dans la collection Strauss après la vente de 1932.

Nadine a l'habitude que je l'appelle désormais trois fois par jour pour lui poser des questions sur la famille ou les tableaux. Sans aucun préambule, je lui demande :

— Nadine, te souviens-tu du *Portrait de Jacques de Nittis enfant* ?

Le nom ne lui dit rien, mais quand je lui décris le petit écolier de dos tel que Degas l'a dessiné au pastel, les souvenirs reviennent :

— Oui, il était accroché au-dessus du lit de ton père, avenue Foch.

— Et après la guerre, l'as-tu revu, avenue Foch ou ailleurs, chez Marie-Louise ? Sais-tu si vous l'avez gardé ?

Nadine hésite un instant :

— Je ne crois pas, non, il a dû être vendu.

J'entre un instant dans la chambre de mon père enfant, sous le regard amusé de Jules, qui regarde affectueusement les deux petits écoliers. Est-ce que Jules a racheté ce tableau parce qu'il l'aimait plus que les autres ? Parce qu'il lui rappelait son petit-fils ? Aurait-il pu l'acheter une troisième fois avant la guerre ? Ou bien simplement n'a-t-il pas réussi à le vendre ? Est-il un « ravalé » ? Est-il possible qu'il ait fait la même chose pour d'autres tableaux de la liste d'Andrew ?

Une drôle d'hypothèse surgit dans mon esprit : Jules Strauss a-t-il pu racheter en secret des tableaux qui avaient été vendus en 1932, tableaux que les nazis lui auraient ensuite volés ?

VI

# Les secrets d'un collectionneur

« Je suis le collectionneur des collectionneurs », me dit Alexis Kugel de bon matin dans le café où je lui ai donné rendez-vous après avoir déposé les enfants à l'école.

Alexis, que je connais depuis quelques années, est un ami généreux. Il aime chanter, jouer du piano, voir ses amis qu'il invite chez lui, au-dessus et comme en prolongement de sa fantastique galerie d'objets d'art, rares, précieux, une sorte de palais de choses à vendre, à des prix que je ne demande même pas. Je ne suis pas impressionnée, parce qu'il est sympathique et joyeux, que j'aime qu'il me raconte ses trouvailles d'objets merveilleux, de coupes médiévales ou d'ordre de la Toison d'or. Je l'admire d'avoir repris la galerie à dix-neuf ans, avec son frère, après la mort soudaine de leur père. Je le soupçonne de préférer parfois la compagnie des objets et de leurs énigmes à celle des hommes.

Héritier d'une dynastie d'antiquaires que l'on

pourrait qualifier d'universalistes, il connaît absolument toutes les époques, et est un grand spécialiste des XVIIe et XVIIIe siècles français et européens. Quand je lui parle de Jules, je découvre avec stupeur qu'il en sait plus sur mon arrière-grand-père que moi-même :

— C'est un collectionneur juif typique de son époque. Il aimait le XVIIIe français, avec un goût prononcé pour la Régence, qu'il a mise à la mode dans la bourgeoisie parisienne. Il cherchait les objets rares et qui avaient une histoire, précurseur du goût pour les « cabinets de curiosités ». Il a fait partie de la troisième vague d'acheteurs des impressionnistes, qu'il a acquis dès 1890 dans les ventes d'ateliers des peintres. Mais il les a vendus un peu tôt.

Alexis m'a apporté les catalogues de trois ventes Strauss qu'il gardait dans ses archives. Il pense que les catalogues disent tout d'un collectionneur, comme les livres de leur auteur. Je tiens là, en trois volumes, l'œuvre de mon arrière-grand-père.

— C'est ce que j'appelle un collectionneur horizontal, il achète dans tous les domaines des choses qui lui plaisent. Qui doivent être rares et raffinées, quelle que soit leur valeur. Il cherche le meuble Régence original, le bibelot, le dessin singulier. Il préfère l'esquisse un peu rare à la grande tartine. Et il aime vivre parmi ses objets, en accumulation, dans ses œuvres d'art qui embellissent sa vie. Il vit au milieu de ses œuvres, qu'il expose alors que certains collectionneurs les cachent. Je l'oppose par exemple au collectionneur vertical, qui ne s'intéresse qu'à un domaine de manière obsessionnelle et se fiche du reste, tel le collectionneur de sublimes porcelaines de Saxe dans un appartement Ikea.

J'aime l'idée que Jules vivait parmi ses œuvres, et sa quête d'une beauté un peu rare, pas pour la frime. Alexis me montre des annotations de son père dans le catalogue de la vente de 1961. Puis il me lit à voix haute la préface écrite par Jacques Dupont, alors président des Amis du Louvre, pour ce même catalogue : « La collection n'avait cessé de s'augmenter et ce fut, lors des années cruelles de l'Occupation, une tâche difficile de mettre les objets à l'abri. Très touché par la mort de son fils, par le malheur du pays, par la persécution, Jules Strauss s'éteignit en 1943. »

Ce que ces quelques phrases évoquent en creux me frappe avec violence : la mort de son fils André en 1939, la guerre « malheur du pays ». À demi-mot, sans jamais les citer, Jacques Dupont revient sur les persécutions nazies. Jules a-t-il réussi à « mettre ses objets à l'abri », ou bien a-t-il été spolié ? Comment savoir ? Alexis me met en garde.

— Attention, tu vas te brûler les ailes ! me dit-il. Faire de telles recherches peut prendre des années et devenir obsessionnel. Ce sera beaucoup plus long et difficile que tu ne te l'imagines, et sans aucune garantie de résultat. Tu risques aussi de découvrir des choses désagréables et de te disputer avec ta famille.

Alexis me propose de l'accompagner à sa galerie d'antiquités, il a quelque chose à me montrer. Quelques minutes plus tard, je suis assise à son bureau et il m'apporte une petite boîte en bois noir vernis du XVIII^e^. Le coffret est orné d'un décor doré de fleurs et de paysages dans un goût chinois, qui me rappellent les tableaux de chez Nadine, l'esprit des chinoiseries alors à la mode.

Je sors avec précaution de son écrin l'une des quatre grandes tasses blanches en porcelaine un peu épaisse décorées de petits personnages chinois rouge et or, dont la monture est en vermeil.

— Non, ce ne sont pas des tasses mais des pots à fard. Et ce n'est pas de la vraie laque chinoise, mais du « vernis Martin », imitation à la mode de l'époque. C'est tout à fait le genre d'objet que ton arrière-grand-père aimait. Il collectionnait les « pâtes tendres », une porcelaine particulièrement fine et délicate.

— Est-ce indiscret de te demander de me raconter comment tu les as acquises ?

— Non, je les ai rachetées à Antoinette de Gunzburg il y a une vingtaine d'années.

J'aimais beaucoup ma tante Antoinette de

Gunzburg, la fille de la tante Andrée des clips Belperron. Elle était anticonformiste et chaleureuse, et me donnait des cours d'anglais avec un drôle d'accent qui roulait les *r*.

Décidément, Alexis connaît toute ma famille, l'impression est étrange. Peut-être un peu désagréable. Je me sens triste de ne pas pouvoir racheter ce petit coffret. Je n'ai pas un seul objet de Jules, pas de souvenirs non plus, et nombreux sont ceux qui en savent plus que moi. Je sors épuisée de ce rendez-vous. Un jour, je n'aurai plus besoin de demander à personne qui était mon arrière-grand-père.

## VII

# Esquisse

Depuis que j'ai croisé par hasard Andrew, une drôle de machine à questions s'est mise en marche dans ma tête et ne me quitte plus. Elle ne manque pas d'imagination. Les longues listes de choses à faire pour les enfants, la maison, ont laissé place aux listes de chefs-d'œuvre à chercher, de livres à lire, de gens à rencontrer. Je cours les centres d'archives, je couvre de notes et de références des dizaines de cahiers, j'envoie des e-mails partout, aux historiens, aux chercheurs, aux musées. J'ai même rencontré un chercheur du CNRS, spécialiste des familles de la bourgeoisie juive d'avant-guerre, qui connaît aussi bien l'arbre généalogique des Strauss que celui des Gunzburg. Il me parle des familles de banquiers venus de Francfort et de Vienne, et m'explique comment, dans les familles de la bourgeoisie juive parisienne, on se mariait entre cousins. Je démarre une passionnante correspondance avec l'historien Marc Masurovsky, spécialiste de la spoliation qui, depuis Washington, me guide dans les archives et les arcanes de la Gestapo. Je questionne aussi des familles spoliées, des descendants de grands collectionneurs. Je découvre que certains n'aiment pas évoquer le sujet, alors que d'autres sont passionnés par des souvenirs de famille sans valeur. J'interroge tout le monde, je regarde tout, je formule mille hypothèses. Je me réveille la nuit pour noter mes idées, le matin j'envoie des e-mails saturés de points d'interrogation, l'après-midi je vais dans des centres d'archives. Je crois que je ne parle plus que de mes recherches. À ma famille, je raconte tout par le menu. Ils m'écoutent patiemment, ils sentent que j'ai besoin de les partager. À chaque nouvelle découverte, j'appelle mon frère Julien :

— Julien, sais-tu que Jules a eu plus de trois cent cinquante tableaux, et je n'ai pas fini la liste. Tu sais combien vaut le *Pont de Charing Cross* de Monet aujourd'hui ?

Ensemble, on rit de la Lamborghini qu'il ne manquera pas de s'acheter quand j'aurai retrouvé le tableau, c'est un jeu entre nous. Une façon pour lui de me demander où j'en suis, en grand frère attentionné. Il me connaît bien, sait mes humeurs changeantes, mes découragements, et m'aide à tenir bon.

Le *Pont de Charing Cross*, qui est maintenant exposé au musée Thyssen Bornemisza de

Madrid, a été vendu 4 millions en 1996. Je me crois millionnaire pendant quelques jours, puis je découvre que notre famille l'a vendu en 1926, quelques mois avant la mort du peintre. Tant pis, je continue mes recherches. Un ami me donne le numéro d'un collectionneur d'art moderne qui connaîtrait la collection Strauss. Il porte les deux noms de famille de sa mère, héritière d'une grande maison de fabrication de peintures, et de son père, descendant d'une grande lignée d'amateurs d'art. « Des amis de mes parents », me dit Nadine que j'interroge. « Un homme charmant, se souvient-elle, et plein d'humour. » Elle se rappelle avoir été invitée enfant dans leur bel appartement qui donnait sur le parc Monceau. Après plusieurs rendez-vous téléphoniques manqués, j'arrive enfin à parler à ce monsieur. Il ne se rappelle plus très bien l'appartement de l'avenue Foch, ni de Jules Strauss. Il est plus jeune que Nadine, qu'il a croisée enfant, l'été, à Saint-Jean-de-Luz. Quand je l'interroge sur les tableaux disparus de Jules Strauss, il ne répond pas. J'insiste, lui raconte ma recherche. Il semble plus froid, presque distant. Après un silence, il me dit :

— Mon père a été déporté.

Je sens une tristesse terrible. Nadine ne me l'avait pas dit.

Je regrette aussitôt de l'avoir ennuyé. Comment ai-je pu oublier la chance qu'on a eue, nous. Qu'il me pardonne.

En suivant les conseils d'Helena, je deviens une habituée de la bibliothèque du musée d'Orsay. Chaque jour, j'arrive à l'ouverture, je l'embrasse, et je lui pose les questions qui ont germé la nuit dans mon esprit agité. J'avance à une vitesse incroyable, comme dans aucune autre activité auparavant. Comme si, après un long silence, les informations n'attendaient que d'être dévoilées. Elles sont là, partout, à portée de main. De la même manière qu'aujourd'hui, après des années à essayer d'écrire, alors que j'entreprends le récit de mon enquête, les mots que j'ai cherchés si longtemps me viennent enfin. Mes souvenirs, mes émotions, tout ce qui compte pour moi, ce que je voulais dire sans y parvenir trouve finalement sa forme, son expression.

Mes recherches sur la provenance du *Portrait de Jacques de Nittis enfant* m'ont conduite jusqu'à Sergueï Chtchoukine, le grand collectionneur russe d'art moderne et d'impressionniste, dont la collection est aujourd'hui répartie entre le musée de l'Ermitage et le musée Pouchkine, qui est mort à Paris en 1936. C'est à lui que Jules a acheté en 1900 le pastel. En 1914, Jules va à Moscou visiter l'hôtel particulier que le collectionneur vient d'ouvrir au public. Il raconte sa visite à sa femme dans une lettre que Nadine a conservée et m'a confiée, dans laquelle Jules parle de la famille Chtchoukine :

*Le père un vrai passionné tout en bégayant et se réjouissant de me montrer ses trésors. Le jeune connaissait très bien Paris et habitait les Gobelins. On s'est réunis très simplement dans la salle à manger autour d'un samovar.*

*Ce matin donc chez Tchoukine*[1]*, hôtel avec grande cour d'honneur et jardin. Escalier avec deux grands panneaux de Matisse, puis le grand salon immense, 4 Degas, 6 Monet, Sisley, Pissarro etc. Puis autre salon 3 merveilleux Renoir, Cézanne, un nu de Degas admirable enfin je pouvais vaquer et je te prie de croire que je n'y manquais pas. Puis la salle de musique avec 20 Matisse, c'est un effet extraordinaire, pour lui ce sont des fleurs des tapis, tout ce que l'on voudra, enfin je n'y suis pas mais je reconnais que c'est d'un effet saisissant, brut. Anarchique. Puis la salle à manger avec 20 merveilleux Gauguin, vraiment admirable et enfin sa chambre avec uniquement des Picasso où il trouve enfin la grande simplicité, l'architecture comme il dit. Il faut voir ce vieux petit bonhomme avec quelle conviction avec quelle chaleur il parle de tout cela. Il laissera tout à la ville de Moscou. Son fils a eu un très bel hôtel dans le même jardin et commence à collectionner également. Tchoukine m'a dit qu'il avait un père qui avait de très beaux objets de vitrine du* XVIII*e* *siècle. Mais on ne peut pas tout voir, et à la fin, moi-même je ne résiste plus. Pense ce que cela doit être !*

1. L'orthographe française du nom varie.

En visitant l'exposition Chtchoukine à la Fondation Louis Vuitton en 2017, j'ai une pensée pour l'oncle « Vuitton », René Baer, mon grand-oncle, qui tenait son surnom de ses valises sous les yeux. A-t-il connu Jules Strauss ? J'aimerais pouvoir aujourd'hui visiter les salons de l'avenue Foch comme je visite les salles du grand collectionneur russe.

L'exposition Chtchoukine présente trois cents œuvres du collectionneur venant de deux musées russes. Je pense à Jules, aux tableaux qu'il admirait lui aussi. La salle des Matisse, peut-être fidèle à celle que Jules a vue à Moscou, lorsqu'il a reconnu qu'il n'était pas encore prêt à les aimer. D'autres tableaux du grand collectionneur russe seraient-ils passés avant entre les mains de Jules, et inversement ? Qui pourra jamais me dire si les deux collectionneurs se sont revus à Paris entre 1918 et 1936, après que Sergueï Chtchoukine a émigré pour fuir la révolution russe ?

Tandis que je parcours les salles de l'exposition, je regrette que la collection Strauss n'existe plus. Si seulement aujourd'hui il restait quelque chose des œuvres choisies par Jules… Si seulement je pouvais me promener dans les salles emplies de ses collections.

Jules voulait-il que sa collection lui survive ? La mort prématurée de son fils André, lui aussi amateur d'art et collectionneur, a-t-elle mis fin à ses rêves de transmission ? Je pense à

Chtchoukine, qui a lui perdu deux fils et dont la collection a été nationalisée par Lénine en 1918. Je pense au grand collectionneur Moïse de Camondo, dont les deux enfants ont disparu pendant les deux guerres. Chtchoukine voulait léguer ses collections, Camondo a donné son hôtel particulier et ses œuvres d'art à l'État français. Tout est resté, à sa demande, exactement comme de son vivant, ses appartements, la salle à manger avec les menus et les plans de table de ses dîners sont aujourd'hui encore ouverts au public. Dans la salle consacrée à l'histoire de la famille, on découvre les drames successifs, la mort de son fils en 1914, la déportation de sa fille et de ses petits-enfants. Au 63 de la rue de Monceau, Moïse de Camondo et sa famille sont encore là, si proches.

De la collection de mon arrière-grand-père, il ne me reste plus qu'un musée imaginaire, que je tente de toutes mes forces de reconstituer. Je pense à la lettre de Jules à Marie-Louise évoquant cette vitrine d'objets du XVIII^e qu'il n'a pas vue mais qu'il imagine, et, comme lui, je rêve à « tout ce que ça devait être ».

Je voudrais tout savoir du petit écolier de Degas, alors je repars en voyage avec lui, dans le temps. À la vente de 1932, le *Portrait de Jacques de Nittis enfant* est acheté par Jos Hessel, expert, pour Simone Berriau, la comédienne, devenue directrice du théâtre Antoine.

Jos Hessel est un célèbre marchand d'art, directeur de la galerie Bernheim-Jeune jusqu'en 1913. Sa femme est le modèle et la maîtresse de Vuillard, dont Hessel vend les toiles. Hessel ouvre sa propre galerie rue de la Boétie. Habile négociant, il est connu pour réussir à vendre ce que ses confrères ne parviennent pas à écouler.

La mémoire de Nadine est une source d'étonnement mais parfois aussi de frustration. Elle me raconte des détails qui me semblent souvent anecdotiques, liés à ses souvenirs de petite fille. Elle se souvient que le premier bal auquel mon père a été invité est celui de Lulu, la fille adoptive de Jos Hessel. Du père, Jos, elle ne se rappelle rien. Elle sait juste qu'il était une « relation » de son grand-père.

— Un ami ?

— Non, les choses étaient très différentes, on avait peu d'amis, beaucoup de relations.

— Et tu l'as déjà vu avenue Foch ?

Les réponses de Nadine sont plus importantes que je ne le crois. Elles m'apportent une vision précieuse de ce qu'était la vie à l'époque.

En 1932, Jos Hessel, qui connaissait donc la famille, a acheté le *Jacques de Nittis* qu'il a revendu à Simone Berriau. À moins qu'il ne l'ait acheté directement pour elle, c'est-à-dire « sur ordre » ?

En 1936, Simone Berriau met à son tour en vente le pastel de Degas à Drouot. C'est l'expert et collectionneur André Schoeller qui l'acquiert. Après-guerre, ce dernier sera accusé d'avoir vendu des œuvres aux nazis, puis innocenté. Mais, en 1936, il est hors de cause.

En 2014, le portrait fait partie de l'exposition du musée Marmottan : « Les Impressionnistes en privé ». Sur le catalogue, sous le nom du prêteur, on trouve écrit « collection privée ». Lorsque j'appelle le musée pour connaître l'identité du collectionneur, la commissaire d'exposition refuse de me répondre. Il souhaite rester anonyme…

J'enrage, je suis bloquée. Mais je ne peux pas renoncer, alors je retourne au musée d'Orsay pour éplucher tous les catalogues d'exposition de Degas en France et à l'étranger de 1936 à nos jours… Soit des dizaines de catalogues dans toutes les langues dans l'espoir de retrouver la trace du petit écolier et le nom de son propriétaire.

Helena m'autorise l'accès à la salle des catalogues d'exposition du monde entier, de 1900 à nos jours, classés par date et par artiste. Je peux me servir directement. Et je passe des heures debout, fébrile, à feuilleter des dizaines de catalogues… Jusqu'au jour où je découvre la photo d'une galerie d'art, avec, sur un mur, deux tableaux de la liste d'Andrew, deux Degas vendus par Jules en 1932.

Il s'agit d'une photo d'une exposition Degas de 1949 à la galerie Max Kaganovitch. Sur le mur de la galerie, deux tableaux déclarés volés par ma famille : le *Départ de la course* et le *Jacques de Nittis*. Est-ce que les tableaux appartiennent alors au galeriste, ou bien les a-t-il empruntés à André Schoeller pour l'exposition ? À qui sont-ils alors, qui les a prêtés en 1949 ?

Andrew Strauss ne me répond toujours pas. Pourtant, lui saurait sûrement où chercher. Il pourrait m'aider, mais il me dit encore qu'il n'a pas le temps, trop de travail, de voyages. À ce point de mon enquête, je suis si passionnée que je n'arrive pas à envisager qu'il ait quelque chose au monde de plus important, de plus intéressant à faire.

Je n'ai qu'à voir ça avec son père, Michel, qui, à la retraite, « aura plus de temps pour se consacrer à ces questions », me répond-il finalement avec une pointe de dédain, mettant ainsi fin au rêve que j'avais. J'imaginais que notre rencontre n'était pas le fruit du hasard mais le début de joyeuses retrouvailles. Nous aurions pu faire une belle équipe, lui l'expert et moi l'intrépide cousine, pour retrouver ensemble les trésors disparus de notre aïeul. « Que vois-tu, bon scaphandrier / Je vois une source très pure / Je vois des rires et des deuils / Une oasis près d'un écueil... », dit l'une des chansons écrites par mon grand-oncle « Vuitton » pour Léo Ferré.

## VIII

## *Please contact Michel Strauss*

En mai 1940, quand les Allemands envahissent la France, Michel n'a que quatre ans. Son père, André, le fils chéri de Jules et Marie-Louise, collectionneur éclairé lui aussi, est mort un an plus tôt d'un cancer. Je découvre la vie fascinante d'Aline, Lady Berlin, la mère de Michel, morte à quatre-vingt-dix-neuf ans. Jeune veuve, championne de golf, femme de caractère, elle fuit l'invasion allemande au volant d'une Bentley décapotable, et conduit, seule avec son fils, jusqu'à Biarritz. Elle finit par obtenir des visas pour Lisbonne puis New York, où ils se réfugient. Après la guerre, elle se marie avec Hans Halban, père du programme nucléaire français. Son troisième mari est le célèbre philosophe anglais Isaiah Berlin, professeur à Oxford. Aline était née Gunzburg, une grande famille juive d'origine russe, banquiers ayant reçu le titre de baron, installée en France depuis la fin du XIXe siècle. Dans cette famille d'excentriques fortunés, le frère d'Aline, Philippe de Gunzburg, a couru les 24 Heures du Mans et fut résistant avec les services anglais. Il a été marié à Antoinette, à qui Alexis a racheté les pots à fard de Jules. La cousine germaine de Nadine doublait par cette alliance les liens entre les Gunzburg et les Strauss.

Après-guerre, Michel passe ses vacances en France, auprès de sa grand-mère Marie-Louise, qui lui transmet le « goût Strauss » en l'emmenant au Louvre. Je découvre l'histoire de la famille racontée par Michel dans ses mémoires, *Pictures, Passions and Eye*. Lors de la vente de 1949, qui correspond au déménagement de sa grand-mère Marie-Louise, qui quitte l'avenue Foch pour vivre seule dans un plus petit appartement, Aline rachète pour le jeune Michel qui n'a que treize ans des meubles et quelques tableaux du XVIIIe en mémoire de son grand-père. Michel regrette encore de ne pas avoir été autorisé à assister à cette vente aux enchères. Et je me demande si ce souvenir, ou plutôt ce souvenir manqué, n'est pas en partie à l'origine de sa vocation. Fidèle à notre illustre ancêtre, Michel a fait une brillante carrière dans le monde de l'art. Il a passé trente ans à la tête du département Impressionniste et Moderne d'une grande maison de vente internationale, et a inventé les enchères au téléphone. Même s'il n'a lui-même tenu le marteau qu'une seule fois, Michel a vu, estimé et vendu de très nombreuses œuvres d'art impressionnistes. N'était-ce pas une manière de retrouver les tableaux perdus ? Son fils a repris le flambeau, dans le même service. D'André à Andrew, de Jules à Julia, prénom qu'il a donné à sa fille, Michel s'inscrit assurément dans sa lignée.

Quand il décroche le téléphone, sa voix grave, son ton calme et posé m'incitent à contenir mon impatience. Michel est gentil sans être chaleureux, aimable sans démonstration. Je lui explique mes recherches sur la liste des dix tableaux vendus en 1932 et pourtant déclarés volés et lui dis où j'en suis de la provenance du *Portrait de Jacques de Nittis enfant*.

Il m'envoie un bordereau d'adjudication. André Schoeller a acheté le pastel en 1936 à la vente de Simone Berriau, pour le compte d'un certain M. Schwenck. Qui est-il ? Michel ne le sait pas. Je ne trouve rien sur Schwenck, aucun collectionneur d'art connu à ce nom, aucune personnalité de l'époque.

Sans propriétaire identifiable depuis 1936, le portrait, lorsqu'il est prêté dans des expositions, est toujours présenté comme provenant d'une « collection privée ». Le *gap* de provenance a diminué, mais je ne sais toujours pas ce qui est arrivé au tableau après 1936.

Jules a-t-il pu le racheter entre 1936 et 1940 ? Je retourne demander conseil à Helena. Je n'ai peut-être pas fait le tour de toutes les expositions et catalogues de vente ? Quelque chose m'a échappé. C'est le moment intéressant de l'enquête, celui où l'on peut faire preuve d'imagination, de persévérance, mais aussi écouter son intuition.

Pendant que j'épluche à nouveau tous les catalogues d'expositions Degas dans le monde depuis 1936, j'imagine plusieurs scénarios.

Schwenck est le pseudonyme inventé par Jules Strauss pour racheter discrètement le pastel en passant par Schoeller, qu'il connaît bien puisqu'il était le commissaire-priseur de la vente de Jules en 1932. C'est absurde, Jules n'est pas Arsène Lupin. Et Schwenck n'est pas une anagramme. J'ai imaginé un instant que Jules a pu racheter des tableaux lors de sa vente alors que c'est interdit, qu'il a utilisé un faux nom, ou bien qu'il a demandé à des amis d'acheter pour lui, avec l'idée de les récupérer dès qu'il en aurait les moyens. Mais aucune de ces hypothèses ne se vérifie.

Nadine se rappelle avoir croisé dans sa jeunesse une Américaine ainsi nommée, amie de sa cousine Antoinette de Gunzburg. Mais elle n'en sait pas plus. Sur Internet, pas de grande collectionneuse d'art américaine à ce nom. Aujourd'hui encore, dès que je feuillette un catalogue sur Degas ou que je croise un spécialiste de ce peintre, je lui demande s'il sait qui est ce Schwenck. Je rappelle Michel. Il m'écoute et parle peu. En lui racontant mes recherches, je m'emporte et m'emballe, tandis que lui garde sa réserve. J'ai peur de l'ennuyer avec toutes mes questions, qu'il ne s'agace de mon enthousiasme et de mon ignorance en matière d'art. D'une voix calme et sans recours, il finit par interrompre mon flot de paroles : la seule chose importante, me dit-il, ce sont les *hard facts*, les preuves tangibles, irréfutables.

Comme je lui confie mes difficultés pour compléter la provenance du tableau, il m'envoie un dernier document : la galerie Nash à Londres a commandé en 2012 une recherche à *The Art Loss Register*, organisme privé de recherche en spoliation, sur la provenance du *Portrait de Jacques de Nittis enfant*. Sans doute pour laver l'œuvre de tout soupçon afin de pouvoir la revendre. Comme tout vendeur, M. Nash devait fournir la provenance du tableau à ses clients. Il a donc commandé une recherche à cet effet. *The Art Loss Register* a pu prouver que la réclamation de ma famille n'avait pas de fondement. Avec ce certificat de « bonne provenance », le tableau pouvait donc être de nouveau vendu.

Il n'y a donc plus rien de louche, et pourtant j'insiste auprès de Michel, il faut continuer l'enquête. À qui le galeriste Nash l'avait-il lui-même acheté ? Est-ce qu'il n'y a pas moyen de creuser encore ? Mais Michel se braque, il ne posera pas la question à son ancien collègue de chez Sotheby's. Interroger Nash reviendrait à exprimer de la méfiance à son égard. Michel me dit de laisser tomber cette piste. Bien sûr, mon oncle navigue dans le monde de l'art depuis toujours et j'ai manqué de tact.

Comment avancer sans l'aide de Michel ? Je suis dans une impasse. Chaque tableau vit une sorte de voyage dans le temps avec des étapes et des propriétaires différents, que j'aime suivre, et cette fois, je dois renoncer. Alors je reprends la liste des dix tableaux déclarés volés, et je m'attelle cette fois à la recherche d'un paysage de Monet. Je retourne ainsi au musée d'Orsay.

Parmi les centaines de « cartons d'œuvres » mal rangés, j'ai du mal à trouver la fiche sur *Antibes, vue des jardins de la Salis*, qui a été peint de très nombreuses fois par Claude Monet. Ce paysage m'ennuie, alors je me trompe souvent, dans ma grande précipitation, et je confonds les différentes versions.

En fouillant dans le carton « Monet, paysages, Antibes », je tombe sur une page déchirée qui me plonge dans la stupeur. Il s'agit d'une publicité de Sotheby's datée de juin 1980. Une annonce de vente aux enchères. Au centre de la page, la représentation en couleur du tableau de Monet, *Antibes, vue des jardins de la Salis*, vente aux enchères, le 2 juillet 1980. En bas, sous la photo du tableau, en gras : « *Please contact Michel Strauss* ».

Je sursaute. Lire le nom de Michel alors que je cherchais un tableau de la liste d'Andrew me donne un sentiment de malaise. À quoi pensait-il lorsqu'il vendait ce tableau qui avait appartenu à son grand-père ?

## IX

# Café chez un expert

Agenouillé par terre dans le salon sombre de son *mews* londonien, Michel promène sur la toile une sorte de lampe torche à ultraviolets. Il éclaire de bas en haut la toile, tout doucement, en ne négligeant aucun centimètre. Tandis qu'il découvre des petits souliers brodés qui dépassent à peine d'une longue robe à paniers, je reste interdite devant le visage livide de la jeune femme auréolée d'une étrange coiffure de cheveux roux pâle.

— *Beautiful, isn't she ?*

Je ne suis pas sûre de trouver si belle cette femme engoncée dans une énorme collerette et aux yeux exorbités, mais je dois admettre qu'il y a un certain charme dans la raideur du personnage. Je n'ose pas me prononcer, je n'y connais rien, je ne voudrais pas déplaire à mon oncle, qui trouve, lui, une grâce inattendue dans la disgrâce de ce portrait élisabéthain.

— Je ne sais pas lequel choisir, me dit-il maintenant en français.

Un livreur lui a déposé à l'instant deux portraits en pied d'un jeune homme et d'une jeune fille. Lequel des deux gardera-t-il ?

— Regarde, me dit-il, toujours à quatre pattes malgré son âge, c'est une petite restauration.

Il désigne une grande trace horizontale sur le fond noir de la toile, invisible à l'œil nu mais qui apparaît clairement à la lumière violette. Mon oncle est un expert, même à la retraite, qui choisit soigneusement quel portrait il va acquérir.

Officiellement, je suis venue assister à un colloque de la British Library sur l'art spolié, mais l'idée d'Henri était que j'en profite pour rencontrer mon oncle, regarder ses archives personnelles. Encore sous le choc d'avoir trouvé son nom comme vendeur d'un tableau de Jules dans les cartons du musée d'Orsay, j'ai besoin de le rencontrer plutôt que de me perdre en conjectures.

Je n'ai vu mon oncle qu'une fois, trente ans plus tôt, mais je n'ai pas oublié son visage aux traits prononcés, traversé de rides profondes, ses épaisses loupes et ses cheveux toujours très noirs, qui m'inspirent de l'affection. Il m'a invitée à l'heure du déjeuner chez lui, mais il n'y a rien à manger. Il me propose un café. Je suis étonnée de ne pas voir de tableaux sur les murs, sans doute sont-ils exposés dans la maison de campagne où il vit désormais avec sa nouvelle femme et ses chiens dont il me montre des photos.

Michel m'apporte plusieurs chemises qu'il tient précieusement. Dedans, pêle-mêle, un article sur les collectionneurs juifs d'avant-guerre, un arbre généalogique de la famille Strauss qui remonte à cinq générations, mais aussi des photos de ses cousins, de Nadine, de Claude et de Jacques enfants, de mon père, que Michel voyait pourtant peu.

Une photo en noir et blanc prise vers 1920, me dit-il, de l'étude de Jules avenue Foch. Je ne l'avais jamais vue. Deux rangées de chefs-d'œuvre impressionnistes couvrent les murs tendus de damas de ce bureau encombré de meubles anciens, de bibliothèques et d'une grande tapisserie d'Aubusson. Sur le mur couvert de toiles, un visage attire mon regard. C'est le portrait d'une jeune fille à la chevelure d'or tressée et ornée d'une rose, à la main gracieusement posée sur le menton. *La Pensée* a été peinte par Renoir en 1877 et achetée par Jules en 1900. Ce portrait illumine les murs. De chaque côté de l'éblouissante jeune fille aux cheveux longs dorés, les deux paysages de Sisley semblent presque ternes. Ils font partie de la liste d'Andrew. Un peu plus haut sur le mur, je reconnais *Les Pins parasols, Cap d'Antibes* de Monet, vendu en 1932 et déclaré lui aussi volé. Plus bas, un pastel de *Danseuse se coiffant* de Degas, le profil tourné vers une petite huile sombre. Michel me donne les noms de chacun de ces tableaux, dont il semble très familier. Sans doute les a-t-il déjà vus, lui, dans des musées, chez des particuliers, dans des ventes. Il lui est arrivé d'en vendre certains, bien sûr, me dit-il comme si ça allait de soi. Je refuse de croire qu'il ne me dit pas tout et n'ose pas poser d'autres questions.

Dans le bureau de Jules, les chaises Régence, chacune d'un modèle différent, s'accumulent. Au premier plan, une petite table à tréteaux toute simple et des livres négligemment posés çà et là donnent un sentiment de désordre et de travail. J'imagine Jules, face à ses toiles, les changeant souvent de place, étudiant leur provenance dans les catalogues raisonnés. Je ressens l'amour du collectionneur pour ces chefs-d'œuvre de l'impressionnisme et je devine sa tristesse de devoir s'en défaire en 1932. Que sont-ils devenus ? *Les Filets à Pourville* de Monet, et ces deux jeunes filles de Degas, et cette esquisse de femme voilée de Manet ? Vendus à des marchands, des collectionneurs et des musées, dispersés dans le monde entier. Qui les admire aujourd'hui ? Michel et moi reprenons ensemble la piste des tableaux déclarés volés, je lui raconte mes recherches à Orsay, et le fait que je n'ai rien trouvé d'anormal. Comment alors auraient-ils pu être volés ?

Dans le train du retour, mon esprit s'apaise. La confiance de Michel, qui a partagé avec moi ses souvenirs, me touche et me rassure. Je reprends la lecture de ses mémoires. L'intérieur des jaquettes de son livre est composé des deux couvertures des ventes Strauss de 1902 et 1932. Il clôt ainsi le chapitre sur son grand-père qu'il admire tant, mais qu'il n'a pas connu, puisqu'il a quitté la France à quatre ans : « Quand il mourut en 1943, il ne laissa ni terre ni portefeuille de valeurs, mais des centaines d'œuvres d'art qui avaient été mises en dépôt au garde-meuble Tailleur, à Paris. Elles traversèrent miraculeusement la guerre et ma grand-mère Mémé les récupéra après la libération de Paris. » Michel semble donc convaincu que la famille a eu beaucoup de chance et que « les œuvres traversèrent miraculeusement la guerre ». Faut-il croire au miracle ? Même si pour l'instant je n'ai aucune preuve, un grand collectionneur juif a-t-il vraiment pu échapper aux persécutions ?

## X
# Miracle de l'oubli

Plus j'avance dans mes recherches et moins il me paraît probable que notre aïeul ait échappé aux spoliations. Mes petits cahiers se couvrent de notes et de cotes d'archives, les e-mails que j'envoie chaque jour à des historiens se multiplient. Les livres remplissent ma bibliothèque : *« Si les tableaux pouvaient parler... »*, *L'Art de la défaite*, *L'Exode des musées*. Avant même d'envahir la France, les Allemands ont établi la liste des collections d'art importantes, ils connaissaient Jules par ses deux ventes de 1902 et 1932. Tout grand collectionneur juif pendant la guerre figurait sur des listes de l'ERR, l'Einsatzstab Reichsleiter Rosenberg, l'organisation dirigée par l'idéologue du parti nazi Alfred Rosenberg, qui a été jugé et exécuté à Nuremberg. C'est lui qui a organisé les confiscations des œuvres d'art appartenant aux grandes collections juives dans les territoires occupés à partir de juillet 1940 à Paris. Environ vingt-deux mille objets ont été saisis pendant la guerre.

L'ERR est installée au Jeu de Paume, où transitent les œuvres pillées avant d'être envoyées en Allemagne. Je découvre l'existence de Rose Valland, qui devient mon héroïne. Attachée de conservation au Jeu de Paume, prétendant ne pas comprendre un mot d'allemand, elle note tout des vols d'œuvres d'art. Elle consigne les nombreuses visites de Goering venu faire son choix, et les envois en Allemagne. Rose Valland parvient ainsi à établir l'inventaire détaillé des œuvres transférées et de leurs déplacements de 1940 à 1944. Son action de résistance permet la récupération après-guerre d'un nombre important d'œuvres spoliées. Devenue alors membre de la Commission de récupération artistique, capitaine de la 1re armée française, elle travaille avec les Monuments Men à la récupération des œuvres et à la reconstitution de leur trajet.

Le service d'Alfred Rosenberg n'est pas le seul organe de spoliations. Celles-ci ont débuté dès l'été 1940, orchestrées par Otto Abetz, ambassadeur à Paris. À partir de 1942, parallèlement aux confiscations de l'ERR, la Möbel-Aktion, « action meuble », organise le pillage des appartements laissés vacants par les internements, les arrestations ou la fuite de leurs occupants. Il y a aussi La Carlingue, la « bande Bonny-Lafont », la Gestapo française, les malfrats de la rue Lauriston. Jules et Marie-Louise ont-ils été volés ou pillés par l'un de ces services ?

J'appelle Thomas Weber, mon ami allemand, que j'ai rencontré à vingt ans à Oxford et qui est devenu l'un des grands historiens spécialistes d'Hitler. Il vient de trouver en Afrique du Sud des documents qui prouvent qu'Hitler a écrit lui-même sa première biographie. Je téléphone pour le féliciter, mais surtout pour lui demander de l'aide face à l'énigme de la liste d'Andrew et du sort de mes ancêtres. Il m'explique que, si la famille a réclamé des tableaux, il doit en rester une trace écrite quelque part. Et il pense à la Bundesarchiv de Berlin. Sur ses conseils, j'engage l'un de ses étudiants, Marius Mazotti, qui vit là-bas et pourra travailler une journée dans ce centre d'archives.

Quelques jours plus tard, je tiens entre les mains un énorme dossier. Sur la couverture : « Élisabeth Strauss, Landesarchiv Berlin n° 1175 / 60 ». C'est bien de ce dossier-là que vient la liste d'Andrew ! C'est une chose de tenir une liste griffonnée de dix tableaux, c'en est une autre d'avoir entre les mains ce dossier de six cents pages, la réclamation de ma grand-mère contre le gouvernement allemand de 1958 à 1974. J'épluche ces feuillets, classés dans le désordre et principalement en allemand, avec l'aide de Marius (au téléphone sur haut-parleur) et d'Henri. Les documents administratifs sont difficiles à comprendre. Mais je remonte le temps et plonge dans la vie de ma grand-mère. J'essaie de rétablir la chronologie des événements.

En 1958, Élisabeth dépose une plainte pour le vol de dix tableaux impressionnistes par les nazis. Ma grand-mère s'est rendue à la préfecture de police accompagnée de deux témoins, Moïse V., qui habitait son immeuble, et Monsieur P., pour déclarer le vol des tableaux. Pendant des années, les échanges entre la France et l'Allemagne se sont multipliés, à grand renfort d'avocats, d'antiquaires, d'experts, d'historiens de l'art. J'imagine l'inquiétude de ma grand-mère à chaque étape de ce combat.

J'appelle Nadine pour lui demander si elle se souvient de quelque chose. Elle est très étonnée, jamais sa mère ne lui avait parlé de ces démarches. Et les témoins, les connaît-elle ? Oui, l'un d'eux était le concierge de l'immeuble de la rue Lord-Byron, où a vécu sa famille quelques années après la guerre, et où Nadine vit encore aujourd'hui. Mais jamais elle n'a entendu parler de cette plainte.

Après plusieurs heures de tentatives de traduction, la conclusion de seize ans de procédure est rude : le gouvernement allemand conclut que la famille n'a pas pu apporter la preuve que les œuvres ont été volées, ni qu'elles ont été envoyées en Allemagne. Mais comment retrouver la trace de la propriété et du vol, d'une transaction forcée ou d'un transport pendant la guerre...

Les informations répétées à l'infini, l'épaisseur des dossiers, le poids réel et le poids psychologique me tombent dessus. Alors qu'il préparait la vente du *Antibes, vue des jardins de la Salis* de Monet, Michel Strauss se souvenait-il que ce tableau avait été déclaré volé en 1958, volé à ses tantes, à sa grand-mère, à lui-même ? Qui se trompe dans cette histoire ? Est-ce ma grand-mère qui réclame pendant seize ans des tableaux apparemment déjà vendus en 1932 ? Ou bien est-ce Michel, qui écrit que tout est réapparu par miracle ?

Ces pages de la Bundesarchiv m'attristent, car elles témoignent d'une longue lutte qui s'est soldée par un échec. Pas de restitution, une très petite indemnisation pour le seul objet considéré comme volé, un lion en bronze égyptien. Ce lion de soixante centimètres de long, pièce unique datant de l'Antiquité égyptienne, dont Alexis Kugel m'aide à identifier la provenance, est très rare.

— S'il réapparaît un jour sur le marché, je le saurai immédiatement, m'assure-t-il.

Ma grand-mère Élisabeth connaissait bien la collection de son père, elle avait travaillé avec lui à des recherches sur Watteau, elle a fait partie toute sa vie des Amis du Louvre. Elle savait sans doute des choses que j'ignore sur la collection de son père, et devait connaître le sort de ses tableaux. Je ne peux pas croire qu'elle ait demandé une indemnisation sans raison. Je pense à elle, à la fin de sa vie, toujours triste et abattue, et à la difficulté de ces combats aussi usants que vains.

Pourquoi ni Nadine ni Michel ne se souviennent-ils de rien ? Michel avait une vingtaine d'années et il vivait à Londres quand ses tantes ont rempli la déclaration de vol, peut-être n'était-il pas au courant ? Mais en faisant des recherches de provenance avant la mise en vente du tableau en 1980, pouvait-il ne pas savoir ? Les maisons de vente n'avaient pas intérêt à signaler les provenances douteuses, préférant sans doute vendre plutôt que rendre aux propriétaires spoliés. J'envisage la possibilité que Michel se soit retrouvé tiraillé entre l'histoire de sa famille et son métier, et, « sans preuves irréfutables », contraint de vendre.

J'entends parler du déni de spoliation, « mode de défense consistant en un refus par le sujet de reconnaître la réalité d'une perception traumatisante ». Ce mécanisme de défense permet alors d'oublier ce qui dérange, de « mettre de côté ». Est-il possible que les descendants de Jules souffrent de ce mal ? Je sais bien que Strauss veut dire autruche, mais avons-nous choisi de ne pas voir la vérité ? Si vraiment il y a une forme d'oubli volontaire, alors l'histoire est un peu cruelle ; il aura fallu oublier pour revendre cette œuvre. Je décide enfin de téléphoner à Michel et de lui demander son avis. Se rappelle-t-il avoir signé le document de réclamation ?

— C'était il y a très longtemps.

Je pourrais insister mais, je ne sais pas pourquoi, sa voix triste et résolue m'incite à en rester là.

Quant à Nadine, après avoir déclaré pendant des mois qu'elle ne savait rien, je m'aperçois que brusquement, lorsque je mentionne un nom précis, un pan de sa mémoire resurgit :

— Paul Feher, ça te dit quelque chose ?

— Oui, bien sûr, l'avocat nul et qui nous a coûté très cher ! Ta grand-mère s'est donné beaucoup de mal, tu sais !

Nadine ne m'a jamais parlé ni de vols ni de réclamations. Et soudain elle évoque les efforts de sa mère. Consciente que ce petit sursaut de mémoire ne durera peut-être pas longtemps, j'insiste :

— Mais sais-tu ce qu'elle pensait au juste ? Pourquoi a-t-elle réclamé des tableaux vendus en 1932 ? Comment les tableaux impressionnistes avaient-ils été volés d'après elle ?

— Elle s'est trompée.

Son regard est parti dans le vague, et je ne veux pas remuer les souvenirs d'une vieille dame. Je m'arrête là. Mais comment peut-on se tromper pendant seize ans ?

## XI

# Un regard

Nadine m'a donné une photo de Jules, son portrait en noir et blanc. Depuis des mois, elle est posée sur la cheminée de ma chambre. Chaque jour, j'ai face à moi le visage d'un vieil homme au regard lointain qui me rappelle Verlaine : « des beaux yeux derrière des voiles ».

Je ne sais pas quand cette photo a été prise, Jules est déjà âgé. Il est élégant et soigné, mais semble un peu perdu dans son costume trop grand. Visage long, émacié, les cheveux blancs peignés en arrière. Ses petites lunettes rondes en métal lui donnent l'air sérieux.

… des voiles de tristesse ?

Jules ne regarde pas vers l'objectif, ni même sur le côté. Son regard est ailleurs.

Peut-être pense-t-il à son fils André, mort d'un cancer à trente-six ans en mai 1939. « La perte de ce fils tendrement aimé et qui partageait tous nos goûts laisse un immense vide ; il faut s'incliner », écrit-il à Germain Bazin, conservateur au département des Peintures du Louvre, le 21 juin, un mois après la mort d'André. Comme je demande souvent à Nadine s'il lui reste des documents de famille, elle retrouve au fond d'un dossier de sa bibliothèque cette lettre dont elle ne se souvenait pas. Ainsi qu'un autre mot de Jules, écrit lui en novembre 1939, depuis le château de Brécourt, que son fils André a acheté quelques années plus tôt, et où les Strauss sont venus se réfugier alors que la guerre vient d'être déclarée. Jules confie sa peine à un neveu américain, Erwin Strauss : « Hélas tout me rappelle son souvenir, et son image ne me quitte jamais. Quel affreux malheur ! Et pourtant il faut continuer. »

Le portrait que Nadine m'a donné a-t-il été pris au début de la guerre ? Jules paraît à la fois préoccupé et triste. Je perçois aussi une forme de dignité, de refus.

Je le fixe de toutes mes forces, comme pour m'imprégner de lui. Où est le collectionneur insatiable, le marcheur infatigable qui arpentait Paris en quête de curiosités ? Où est l'homme passionné qui aimait choisir lui-même les beaux centres de table en vermeil et les bouquets de fleurs lorsqu'il recevait les Wormser, grands collectionneurs, proches du ménage Strauss ? Était-il l'ami d'André Wormser, le conseiller en matière d'art, l'amant peut-être de sa femme Olga ?

Qui étais-tu, Jules ?

Dans mon atelier d'écriture, j'organise une séance consacrée au portrait qui me donne du fil à retordre. Je guette le moment où les bribes d'informations que je glane ici et là sur mon arrière-grand-père me diront enfin qui il était. Comme je pose des questions à Nadine, que je feuillette le livre de mon oncle Michel, ses contours restent flous. Je m'enquiers encore une fois auprès de Nadine :

— Parle-moi de Jules !

— Il est né à Francfort-sur-le-Main en 1861. Son père était un banquier qui est mort jeune de la tuberculose. Il avait cinq frères et sœurs, je crois. Je ne les ai jamais vus… Il est arrivé seul à Paris en 1881 et travaillait comme agent de change. Il a arrêté après la Première Guerre mondiale, pour ne plus s'occuper que d'art. Il avait un fort accent allemand mais je ne m'en rendais pas compte. Il était drôle… Il me gâtait, m'emmenait au PamPam manger du caviar après l'école… Il aimait les femmes… Lorsqu'il venait me chercher à l'école, il traversait en dehors des clous, sous le regard furieux du policier.

J'imagine un dessin de Sempé, un monsieur en costume et chapeau mou, à côté de lui une petite fille qui danse en traversant la rue.

— Il fumait deux paquets de Gitanes par jour.

Il ne disait pas tout à sa femme, il lui cachait ses achats. Nadine pense qu'il a laissé des tableaux chez des antiquaires. C'est une autre piste pour mes recherches, mais ma tante ne connaît pas le nom de ses amis marchands. Retrouver les descendants des grands galeristes de l'époque et leurs livres de comptes me semble complexe, d'autant que je n'ai pas de noms précis. La plupart étaient juifs, et leurs galeries ont été spoliées de plusieurs manières. Parfois ils ont réussi à fuir, comme Paul Rosenberg, dont le coffre dans lequel il avait pensé mettre ses œuvres à l'abri a ensuite été découvert et volé. Parfois, leurs galeries ont été aryanisées, l'administrateur provisoire a liquidé le stock, comme pour la galerie Bernheim-Jeune qui avait fait découvrir Cézanne, Renoir et Monet. Les services nazis de l'ERR ont aussi saisi les biens personnels des deux frères Bernheim, Josse et Gaston.

Je suis les instructions d'Helena, qui me recommandait de dresser un profil psychologique de mon arrière-grand-père, mais je n'ai toujours pas l'impression de le connaître vraiment. Ai-je hérité de l'un de ses traits de caractère ? Pourrais-je trouver en moi un peu de Jules ?

Je le regarde encore. Il me semble pensif, austère et secret. Soudain, ce n'est plus Jules que je vois, c'est mon père, l'air préoccupé, qui ne me dit rien ni de ses soucis, ni de ses souvenirs. Ils ont la même moustache, fine, basse, qui couvre la lèvre inférieure. Et ce regard un peu absent.

Je pense à mon père, à la fin de sa vie. Malade, il ne pouvait plus me parler, et il me regardait souvent de cet air inquiet et perdu. Il s'éloignait de nous, et je ne sais pas où ses pensées l'emmenaient. Je me rappelle le dernier regard que nous avons échangé, comme un adieu. Je relis ces vers de Jacques Pellerin qu'il avait choisis en incipit de sa maîtrise sur Proust.

*Garder l'instant déjà pressé…*
*L'heure glisse, s'essaime*
*Pourquoi faut-il que ce qu'on aime*
*Ne soit que du passé ?*

Alors réfugié en zone libre avec sa famille, il tentait de finir ses études de lettres, interrompu avant l'oral de Normale par les lois antijuives de Vichy. Quelques mois plus tard, il rejoindrait les forces françaises libres. À seulement dix-neuf ans, il connaissait déjà la nostalgie, lui qui avait quitté Paris et un monde qu'il ne retrouverait pas. Se doutait-il alors qu'il ne reverrait plus son grand-père ?

Je sais bien que je ne pourrais jamais vraiment savoir qui était Jules. Et j'ai beau me perdre dans son regard, je ne peux deviner son secret.

Cette fois, après tant d'heures passées auprès de lui, quelque chose s'illumine dans ses yeux et je jurerais qu'il me regarde à son tour. Droit et digne, il me donne du courage.

## XII

# Troie

À douze ans, je lisais et relisais un livre pour enfants qui racontait les découvertes d'Heinrich Schliemann, l'un des premiers archéologues. Au XIX^e^ siècle, cet homme d'affaires allemand cherche, en lisant Homère, le site de la ville de Troie, dont il finit par retrouver la trace. Après cette longue quête, il découvre qu'il y a sept villes construites les unes sur les autres. Il se trompe lors des fouilles, creuse trop profondément et détruit l'une des strates de la ville de Troie.

Je rêvais d'avoir à mon tour un mystère à résoudre, un secret à découvrir, un trésor à chercher sans le détruire.

La collection de Jules est-elle ma ville de Troie, mon trésor de Priam ? C'est encore le début des fouilles, et je n'ai aucune idée de ce que je cherche, ni de ce que je vais exhumer. Mais j'aime cette chasse au trésor dans le passé de ma famille. Comment ne pas penser à la valeur actuelle des tableaux de la collection Strauss ? Des dizaines et des dizaines de millions sans doute. Je retrace inlassablement et de manière presque obsessionnelle le voyage de chacun des dix tableaux de la liste, du jour où Jules l'a aimé, choisi et acheté jusqu'au jour où ma grand-mère Élisabeth Baer l'a déclaré volé par les nazis. C'est tout un itinéraire à reconstruire.

Pour en savoir plus sur la collection Strauss, Helena Patsiamanis me conseille d'aller à la documentation du Louvre, porte des Lions, dont l'entrée se trouve du côté des Tuileries, entre deux statues de lions en bronze. Il me suffit de montrer mon passeport et j'ai le sentiment d'entrer dans un lieu secret, seulement connu des chercheurs, des amateurs d'art, des détectives du passé dont je fais partie.

Rien n'est informatisé, des kilomètres d'étagères et de boîtes cartonnées poussiéreuses avec des étiquettes manuscrites. Classées par siècle et par peintre, du sol au plafond. Parfois si haut qu'il faut gravir un escabeau de bois brinquebalant pour aller les consulter. Quelques chercheurs et un vieux monsieur qui parle tout seul en rangeant des feuilles de magazines dans les cartons. J'ai du mal à croire que je suis dans le plus grand musée du monde.

Ce vieux monsieur ronchon est en réalité un ancien conservateur à la retraite qui continue de passer là toutes ses journées. Comme s'il était chez lui, il semble furieux que je m'installe à sa table. Il maugrée, vitupère. Je le vois découper des articles, des bouts de papier et les glisser dans les dossiers. Qu'est-ce qu'il range dans les cartons du Louvre ?

On m'indique un rayon collectionneurs et marchands. À nouveau, le cœur battant, j'ouvre le carton Strauss et le dossier sur Jules. À l'intérieur, des extraits de ses grandes ventes impressionnistes de 1902 et 1932. Mais surtout, je trouve une chemise intitulée : « Jules Strauss donateur », et cet article :

*Jules Strauss*
*Francfort 1861-Paris 1943*

*Amateur assidu, il collectionna mobilier, objets d'art et tableaux anciens et modernes, notamment impressionnistes. Sa première collection de soixante et onze peintures impressionnistes, particulièrement complète et riche en œuvres de Sisley – dont l'abondance valut au collectionneur le surnom de M. Sisley – fut dispersée lors d'une vente à Paris en 1902 (Drouot, 3 mai). La seconde, de quatre-vingt-cinq tableaux, constituée de mêmes artistes impressionnistes mais selon un choix plus étendu, fut vendue à son tour en 1932 (Galerie G. Petit, 15 déc.). Son mobilier, enfin, fut dispersé lors de deux ventes posthumes en 1949 (Galerie Charpentier, 27 mai) et 1961 (Palais Galliera, 7 mars ; Préface J. Dupont).*

*Jules Strauss fit don entre 1921 et 1928 de quatre peintures notamment Lajoue (*Paysage avec architectures*), Raffet (*La retraite de Russie*) et Colson, ainsi que d'un dessin et d'une sculpture de Pompe,* Saint Sébastien. *Initiateur d'une politique d'encadrement des tableaux du Louvre, il chercha dès 1900 des cadres anciens destinés à remplacer les cadres Empire uniformes. Il donna une soixantaine de cadres qui mettent aujourd'hui en valeur les plus célèbres chefs-d'œuvre de toutes les écoles du musée.*

*Les donateurs du Louvre, Paris (RMN), 1989, répertoire des donateurs, p. 328.*

« Dispersé » est le mot qui me frappe. Il ne reste rien de cette collection. Je ne savais pas que Jules avait donné plusieurs tableaux au Louvre dans les années 1920. Le 6 juin 1921, un tableau de Raffet, *La Retraite en Russie*. En 1924, un tableau d'architecture de Lajoue. En 1927, un panneau du XVIe siècle de Siessenegger, *Les Enfants de Maximilien*. En mars 1928, un *Portrait d'homme* du début du XVIIIe siècle de Jean-François Colson.

Les tableaux que Jules a donnés, je les regarde sur l'écran de mon ordinateur, sans bien en saisir le charme. En faisant des recherches sur le site du Louvre, je découvre, déçue, qu'aucun de ces tableaux n'est exposé. Ils sont gardés, comme des centaines d'autres, dans les réserves. Je ne pourrai pas les voir. J'apprends pour la première fois qu'il a aussi fait don de cadres.

J'en découvre le détail dans un dossier « Correspondance », qui contient les originaux des lettres entre les conservateurs du Louvre et mon arrière-grand-père. Entre eux, un ton à la fois aimable et respectueux. L'une de ces lettres, datée de 1935, est adressée à Jacques Dupont, directeur général des Musées, celui qui a écrit la préface de la vente Strauss de 1961.

*Monsieur,*

*Le hasard m'a fait rencontrer un magnifique cadre de la Renaissance de 84 cm sur 61 cm à profil renversé et sculpture à jour. Le* Balthazar Castiglione *de Raphaël a ces mesures et comme il a un cadre Empire (qui ma foi ne lui va pas trop mal) qui est un peu pauvre pour ce plus beau portrait de Raphaël, je voudrais vous proposer de l'offrir au Louvre bien entendu après l'avoir essayé !*

*Si vous approuvez, vous n'avez qu'à me fixer un jour au Petit Palais pour le voir sur place.*

*Croyez, Monsieur, en l'assurance de mes sentiments très sincèrement dévoués.*

*Jules Strauss*

Cette histoire de cadres dont je n'avais jamais entendu parler m'intrigue et, pour en savoir plus, je vais frapper à la porte d'une conservatrice dont le bureau est juste à côté de la documentation.

Je découvre étonnée que la jeune femme fraîchement nommée responsable de la collection des cadres du Louvre ne sait pas ce que Jules Strauss a donné. Elle n'a rien d'autre à me proposer qu'un article d'Hélène Demoriane pour le *Connaissance des Arts* de 1961. La journaliste écrit que Jules Strauss a initié un nouveau goût au Louvre, celui de choisir pour chaque œuvre un cadre d'époque et de qualité correspondantes. Idée qu'il aurait eue en découvrant chez Lebrun – célèbre marchand de cadres anciens – un cadre florentin du XVIe siècle. Il le fait porter au Louvre et essayer sur *La Vierge aux rochers* de Léonard de Vinci à la place de son cadre Empire. Un autre cadre de la même époque pour *La Belle Ferronnière*, puis, comme le mentionne la lettre de Jules à Jacques Dupont, pour le *Portrait de Baldassare Castiglione* de Raphaël. Je ressens une certaine fierté à l'idée que le goût de mon ancêtre a influé sur le plus grand musée du monde, qu'il a été écouté et suivi, et que ce qui semble aujourd'hui une évidence était en fait une idée nouvelle.

Dans le carton « Collectionneur » consacré à Jules Strauss, je trouve d'autres lettres du musée, jusqu'en 1939, dans lesquelles Germain Bazin, alors conservateur, remercie Jules et Marie-Louise de leurs dons après que mon arrière-grand-père eut permis de réencadrer soixante toiles. Bazin poursuivra cette initiative.

Après-guerre, il orchestrera même une grande campagne d'encadrement. Une dernière lettre de condoléances adressée à Marie-Louise après la mort de Jules, datée d'octobre 1943, me touche parce qu'elle évoque la nature même de Jules et de son geste : « Alors que certains amateurs aiment à attacher leur nom à des libéralités qui frappent le public, avec une modestie qui nous a infiniment touchés Monsieur Jules Strauss a préféré porter sa générosité sur des dons d'une nature plus discrète mais non moins appréciable pour nous. Beaucoup des plus grands chefs-d'œuvre du Louvre lui doivent, en effet, les magnifiques cadres anciens dont ils sont maintenant revêtus. Je n'oublierai pas les dernières heures qu'il m'a été donné de passer avec lui quand il est venu visiter notre collection de cadres anciens qu'il a tellement contribué à enrichir. »

Si seulement mon père m'avait emmenée dans les salles du Louvre et montré chacun des tableaux que son grand-père avait donnés. Nous nous serions arrêtés ensemble devant *La Retraite de Russie*, nous demandant ce que Jules avait aimé, pourquoi il avait choisi ce sujet, pourquoi c'était celui-ci plutôt qu'un autre qu'il avait offert au Louvre. Nous aurions marché dans la Grande Galerie, admiré les peintres de la Renaissance italienne, Raphaël, Véronèse et Léonard de Vinci, et j'aurais écouté l'histoire de Jules et de sa quête de cadres. Nous l'aurions suivi pas à pas dans ce musée où il devait se sentir presque comme chez lui lorsqu'il venait les mardis de fermeture faire ses essayages de cadres. Mais jamais mon père n'a évoqué les dons de Jules. Comme si le temps avait tout effacé, la mémoire des jolies choses comme celle des drames.

La maison Lebrun existe toujours. J'envoie un message et je reçois quelques heures plus tard une réponse qui dépasse ce que j'espérais.

> *Madame,*
>
> *Je sais en effet que nous avons vendu beaucoup de cadres à Monsieur Strauss. Je crois aussi qu'il était l'ami de mon grand-père Jacques Lebrun. J'ai notamment un fauteuil que j'aime beaucoup et que mon grand-père avait acheté à votre arrière-grand-père. Notre galerie est fermée pour l'été mais je vous propose de garder votre recherche pour le début du mois de septembre.*

J'aimerais bien qu'elle me montre ce fauteuil. Je guette tout ce qui vient de Jules. J'imagine Jules Strauss et Jacques Lebrun, amis, partageant la même passion, cherchant ensemble des cadres Renaissance aux mesures des tableaux du Louvre.

Quatre-vingts ans viennent de s'effacer.

En continuant mes recherches sur les cadres du Louvre, je trouve l'article d'un ancien conservateur du musée. L'auteur n'est autre que le vieux monsieur qui parlait tout seul en farfouillant dans les cartons d'archives ! Dans une *Étude critique de l'encadrement* parue dans la *Revue de l'Art* en 1987, il écrit : « En 1935, un collectionneur amateur zélé prend sur lui de réencadrer à ses frais, disons grâce à ses trouvailles de "cousin Pons", certains des plus célèbres tableaux du Louvre (*La Madone de la Victoire* de Mantegna, par exemple), aidé alors par un jeune attaché du Département des Peintures et futur inspecteur général des Monuments, Jacques Dupont. Cette impulsion venue du privé se communique à un autre membre du département, son futur conservateur en chef, Germain Bazin. Celui-ci devait effectuer à partir de 1945 la plus spectaculaire opération de réencadrement menée dans un musée de l'époque moderne. »

Pourquoi la remarque de l'ancien conservateur me semble-t-elle désagréable ? Qu'entend-il par « cousin Pons » ? Pourquoi me semble-t-il qu'il minimise la générosité de Jules ? Je feuillette ce roman de Balzac, que Jules connaissait sûrement, et il m'apparaît alors en effet sous les traits du cousin Pons, cet homme érudit, d'un autre siècle, qui sait repérer les pièces rares et débusquer les trésors que les autres ne voient pas.

Dans les quelques lignes de cet article, pour la première fois, je perçois un ton railleur, une forme d'aversion et d'envie peut-être à l'égard du vieux collectionneur juif qui a bien le loisir et les moyens de faire des « trouvailles ».

## XIII

# Le fauteuil de Jules

L'encadreur de Jules existe toujours à cent mètres de chez Nadine, rue du Faubourg-Saint-Honoré. Lebrun n'a pas changé d'adresse depuis les années 1930. L'immeuble a été entièrement refait, mais la boutique en rez-de-chaussée est la seule chose qui n'a pas changé. La petite-fille de M. Lebrun me conduit dans l'arrière-boutique. Les murs sont cachés par des cadres posés au sol, de toutes les tailles, les uns sur les autres. Parfois un miroir rocaille ou plus ancien. C'est un désordre de belles choses, de dorures et de poussière. Dans cet amas de bois, je mets quelques minutes à remarquer les beaux objets, un guéridon Louis XV au socle en marbre, une psyché.

Et puis, au centre de la pièce, le fauteuil en bois sculpté de Jules. La tapisserie rouge et blanc est très abîmée. On voit la trame du tissu de soie brodée très déchirée. Je demande à Virginie Lebrun de quelle époque date ce siège, car je n'ai jamais vu des pieds en bois aussi galbés et ornementés ; elle me répond qu'il s'agit d'un fauteuil Louis XIV.

Je me baisse pour regarder les pieds dont le bois est rongé, vermoulu. Il va bientôt s'effondrer. Je me sens triste face au fauteuil usé, abandonné, au milieu de cette pièce sombre. Pourtant, la petite-fille de Lebrun me dit qu'elle y tient beaucoup, je vois bien que c'est le fauteuil dans lequel elle s'installe sans doute chaque jour pour travailler, recevoir des clients. Je lui en veux presque de ne pas en prendre plus grand soin.

Elle décroche un miroir étroit et vertical du mur, Louis XIII, au cadre couvert de toiles d'araignée. Il est accroché là depuis qu'elle est petite.

Derrière, un petit papier punaisé : « Deux glaces sont marquées à l'intérieur. PV Quesbec. ME (voir Lami. *Dictionnaire des meubles français du XVIII^e^ siècle*). De plus écrit au crayon du temps "fait par Lenfant l'aîné. Rue St Denis St François à Paris 1753, ce 19 juin." »

— C'est Jules Strauss qui l'a écrit, m'assure la petite-fille de l'encadreur.

Je découvre pour la première fois l'écriture longue et déliée de mon arrière-grand-père, qui a soigneusement noté il y a plus de soixante-dix ans la provenance des miroirs, sur un bout de papier à peine jauni et qu'il a lui-même solidement fixé par des petites punaises en métal au dos de l'un des miroirs.

M. Lebrun les a achetés à Jules avant-guerre. « Ils étaient amis », me dit-elle. Son grand-père avait trente ans dans les années 1930, alors que Jules en avait déjà près de soixante-dix.

Voilà comment la petite-fille de l'encadreur de Jules possède plus de souvenirs de mon arrière-grand-père que moi.

J'ai tellement envie de les acheter, de les récupérer, mais comment le demander à cette femme que je ne connais pas, qui m'a gentiment laissé entrer chez elle, qui me montre tout ce qu'elle possède ? Elle a préparé quelques documents.

L'un d'entre eux est un cahier de commandes de réparation de cadres datant des années 1960. Marie-Louise, rue Mirabeau, Élisabeth Baer, rue Lord-Byron, ont été des clientes.

Je prends des photos, puis je m'assieds dans le fauteuil de Jules, jusqu'à la fin du rendez-vous. Virginie Lebrun est juchée en face de moi sur un tabouret inconfortable, je devrais lui laisser la place, lui rendre son fauteuil, mais je ne bouge pas. Non, je veux rester là, toujours.

— Si un jour vous décidez de vendre ce fauteuil ou ces miroirs, s'il vous plaît, faites-moi signe.

— Vous savez, la collection Strauss est mythique pour nous !

Sa réponse me fait sourire. Et pour moi, imagine-t-elle ce que représente ce fauteuil ?

J'insiste sur le fait qu'il ne nous reste plus rien de Jules, seulement quelques petits souvenirs sans valeur, un faux Renoir qui a été retiré de la vente de 1932. J'essaie de l'attendrir, qu'elle ait envie de me revendre ces objets. Peut-être même de me les donner en mémoire de Jules. J'ai un peu honte de ma manœuvre. Mais je ne peux m'empêcher de trouver l'histoire de notre famille cruelle et injuste : ces derniers objets d'art dispersés ne devraient-ils pas être chez nous ?

La petite-fille de l'encadreur cherche dans ses papiers pendant que je lui raconte l'appartement de Jules et lui montre une photo de son bureau. Le fauteuil n'y figure pas. Il faudra que je fouille parmi les autres photos de l'avenue Foch prises en 1921.

Dans les archives de la maison Lebrun, on trouve des fiches de travail de 1961 remplies par les employés lorsqu'un client apportait un cadre à réparer, avec plus ou moins de détails sur l'œuvre. Est-ce qu'elle a des fiches plus anciennes ?

Elle ouvre un grand livre de comptes qui commence à l'année 1935 et finit en 1943. Dans ce livre figurent les Gimpel, les Rosenberg, les Javal, ces familles spoliées que je côtoie si souvent au ministère des Affaires étrangères et dans tous les autres centres d'archives. « Monsieur Strauss » aussi, est-ce Jules ? Il apparaît quatre fois entre 1935 et 1942.

En 1942 : « M. Strauss 1 C hollandais à décaper, mettre au teint poirier Michel 15 – Dramet 64. »

Le teint poirier est la teinte à donner au bois. Michel, le nom de l'employé qui a fait le travail, 15 heures de travail. Dramet, 64 heures de travail.

Pour savoir s'il s'agit bien de Jules, il me faudrait la fiche de travail qui mentionne toujours l'adresse. Si Virginie Lebrun a le temps, elle fouillera dans son sous-sol.

J'ai attendu un peu pour aborder le sujet. Mais quand elle me parle de sa maison bombardée près de Paris, je lui demande ce qui s'est passé pour la boutique d'encadrement pendant la guerre.

— Je ne sais pas, c'est bizarre, fermée j'imagine ?

Et puis elle ouvre un vieux carnet de comptes des années 1935 à 1940.

— Non, apparemment on a travaillé pendant la guerre…

À cinquante ans passés, alors qu'elle a toujours travaillé dans cette maison familiale, elle ne s'est jamais penchée sur la question. Je me demande alors si le fait de travailler pendant l'Occupation était forcément blâmable, s'il aurait fallu fermer boutique.

J'insiste auprès d'elle, les archives des réparations de cadres pourraient m'aider à connaître les tableaux que possédait Jules juste avant la guerre, et à comprendre ce qui a pu être spolié. Le mot « spolié » ne la fait pas tressaillir. Je lui raconte donc toute ma quête, enhardie par les liens entre nos ancêtres. Elle m'écoute, étonnée, et me promet que, si elle retrouve les feuilles de travail des cadres Strauss avant sa mort, elle me préviendra. Elle ne se rendait pas compte à quel point ces archives étaient précieuses pour les chercheurs de provenance.

Avant de nous quitter, elle me montre le site Internet de la maison Lebrun :

> *Jules Strauss fut lui aussi un client assidu de la Maison. Il fut un grand donateur de cadres anciens pour les collections du Louvre, c'est notamment lui qui offrit au Louvre le cadre de* La Vierge aux rochers *de Léonard de Vinci et qui venait de la collection des Cadres Lebrun.*

Pour refaire encadrer *La Vierge aux rochers* de Léonard de Vinci, Jules a trouvé un cadre Renaissance chez Lebrun. La petite-fille de l'encadreur me raconte qu'il a fallu cinquante coupes du cadre pour l'adapter au tableau.

J'envoie une photo du fauteuil à Henri, il est sûr de l'avoir déjà vu quelque part. Il m'adresse quelques heures plus tard l'article et la photo du fauteuil dans le *Connaissance des Arts* de 1961 :

> *Sa passion pour la rareté*
>
> *Épris avant tout des pièces uniques, Jules Strauss avait rassemblé chez lui une étonnante collection de meubles d'époque Régence, qui se distinguaient tous du commun par quelques détails inattendus, de la forme ou du décor. [...]*
>
> *De même le fauteuil en bois naturel sculpté symbolise bien ce que fut le goût Strauss en matière de sièges. Ce qui a séduit, ici, cet authentique amateur de « curiosités », c'est la cambrure hardie des pieds galbés, c'est l'entrejambe à croisillons sculptés de coquilles et d'enroulements d'acanthes, c'est la forme étrange du dossier, sorte de version tronquée du dossier Louis XIV.*

Ce sont des détails, et sans doute peut-on aisément se passer de les connaître. Qui se soucie encore de la forme des pieds sculptés, de savoir si c'est un fauteuil Louis XIV ou bien Régence ?

Plus personne, peut-être, et si même la petite-fille de M. Lebrun qui s'assied chaque jour dans ce fauteuil l'a oublié, alors que reste-t-il du goût Strauss ?

« Que reste-t-il de Jules Strauss ? » peut-on lire un peu plus loin dans l'article d'Hélène Demoriane. « Il n'a rien écrit, rien transmis, sinon quelques brèves notices destinées à commenter les tableaux prêtés à d'innombrables expositions.

Les dons qu'il fit au Louvre, ou à Carnavalet sont pour le profane perdus dans l'anonymat des musées. Quant à ses fabuleuses collections – fabuleuses par le nombre et la variété – elles n'existent plus que fictivement, sur les pages de quatre catalogues de vente. Alors ? Deux mots résument ce qu'il faut bien appeler le phénomène Jules Strauss : le don et la foi. »

XIV

# La chance d'une débutante

La mémoire est une chose étrange, chez Nadine elle est aléatoire et procède souvent par immersion. Ensemble, nous retournons dans son enfance par des chemins détournés, une pâtisserie qui n'existe plus, une actrice de cinéma des années 1930, les vacances d'été à Saint-Briac. J'essaie d'éclairer les épisodes les plus sombres, de plonger dans les moments d'amnésie de notre histoire familiale. Comme il est plus facile de lui parler en vrai qu'au téléphone, je passe la voir, ne serait-ce qu'une heure, et lui apporte des choses qu'elle aime, une glace au café, des biscuits anglais. Elle ne s'étonne plus de mes questions :

— Nadine, pourquoi Jules et Marie-Louise ont-ils quitté l'avenue Foch pendant la guerre ?

— Parce que c'était trop grand sans doute… Ils n'étaient que locataires de la société le Phénix, tu sais. Jules avait repris cet appartement à Georges Feydeau vers 1900.

J'avais entendu cette histoire, mais cette fois le choc des univers me frappe, du théâtre de boulevard aux déménagements forcés de l'Occupation.

— Et où se sont-ils installés ?

— Dans l'immeuble des parents d'Aline de Gunzburg, leur belle-fille, la mère de Michel Strauss, au 54, avenue d'Iéna.

— Te souviens-tu de leur déménagement ? Quand était-ce exactement ?

— Mais je n'étais pas là, nous nous étions réfugiés à Aix-en-Provence, ton père allait à l'université et moi au lycée. Je n'ai pas revu Jules avant sa mort.

Nadine évoque alors la vie à Aix, où elle s'est bien amusée, son dégoût des études, son amie Mireille, si jolie, mon père qui finissait son mémoire sur Proust. J'ai entendu ces histoires des dizaines de fois sans les écouter, mais je les découvre vraiment pour la première fois, chaque élément précis devenant un indice clé de mon enquête.

J'ai hésité longtemps avant de téléphoner à mon oncle Claude Sorbac, le cousin germain de mon père, né un an avant lui. Comme une enfant qui a peur d'entendre des choses désagréables sur les autres membres de sa famille. Je ne sais pas pour quelles raisons, en vieillissant, mon père s'est un peu éloigné de ses deux cousins, Claude et son frère Jacques, et nous ne les voyions presque jamais. J'ai le souvenir flou de disputes dans mon enfance. Je me lance quand même, parce que lui se souvient peut-être de quelque chose. La conversation n'est pas facile, il entend mal et, comme Nadine, part souvent dans des digressions. Mais j'arrive à obtenir ces informations :

— Je suis le seul à avoir vu Jules à Paris pendant la guerre. En 1943, j'ai réussi à franchir la ligne de démarcation et je suis allé le voir sur son lit de malade, me confie-t-il au téléphone.

— Où était-ce ?

— Rue du Ranelagh.

— Comment ça, rue du Ranelagh ? Pas avenue d'Iéna ?

— Non, il était chez nous. Il y est mort au mois de juillet.

Je découvre que Jules et Marie-Louise ont donc déménagé deux fois et se sont finalement installés chez leur fille Françoise, rue du Ranelagh, en 1941. Était-ce juste avant ou bien après l'arrestation de leur gendre Roger Sorbac, le mari de Françoise, et sa déportation ? Nadine m'a répondu « peut-être », mais elle n'était pas à Paris. Grâce à Claude, je sais maintenant que Jules est bien mort chez sa fille, à Paris, après avoir déménagé deux fois. J'essaie de lui parler de son père, Roger Sorbac, mais il entend mal, change souvent de sujet. Il évoque plus volontiers le goût de la peinture impressionniste de Jules, « parce que ce sont les peintres du bonheur », le milieu « des juifs élégants » de Francfort dont faisait partie la famille de Jules, que l'arrestation de Roger, son père.

Il m'est plus facile d'interroger mes cousines Sorbac. Le passage à la génération suivante a atténué un peu les souffrances. Marie-Hélène, la fille de Jacques, partage le même intérêt que moi pour notre généalogie, et je l'appelle de plus en plus souvent. Elle me raconte alors que, le jour de son arrestation, Roger venait de battre son fils cadet, Jacques. Quand il a ouvert la porte à la police, juste après avoir été puni, Jacques en voulait encore à son père. Et ce sentiment à l'égard de son père, alors que ce dernier était emmené par les Allemands, a hanté Jacques sa vie entière. Son frère Claude et lui ont fui et se sont engagés dans la France libre. Jacques n'avait pas dix-huit ans. Il est devenu l'un des plus jeunes membres des commandos de France.

Jules et Marie-Louise ont-ils assisté à l'arrestation de leur gendre Roger ? Comment ont-ils pu rester là, à une adresse connue des Allemands, prenant le risque d'être arrêtés à leur tour ?

Helena m'a recommandé de dessiner une frise chronologique, de retracer le fil des événements grâce aux quelques documents et informations que j'ai pu obtenir. Mais l'opération se révèle assez complexe car chacun me donne des dates différentes. Si bien que les éléments bougent sans cesse, et que je recommence la frise à zéro. Les ventes correspondent à des changements dans la famille. Celle de 1932 est liée à la ruine des gendres. Après-guerre, celle de 1949 correspond au déménagement de Marie-Louise, qui quitte le grand appartement de l'avenue Foch et donc se sépare de mobilier et de tableaux. En 1961, la vente « Succession Jules Strauss » a lieu après la mort de Marie-Louise.

Chaque nouvel élément doit être pris en compte. Une lettre de Jules à Nadine envoyée du château de Brécourt en août 1940. Un exemplaire de la maîtrise de lettres de mon père datée de mai 1941, adressée à sa grand-mère, 54, avenue d'Iéna. La visite de Claude à son grand-père en juin 1943, rue du Ranelagh…

J'esquisse une sorte de schéma retraçant la vie de Jules et Marie-Louise pendant la guerre. Je recommence dix fois au gré des informations que j'obtiens, des détails que je corrige. La frise est toujours bien imprécise, avec de nombreux trous et points d'interrogation. Je n'aime pas ce travail minutieux, je m'impatiente. Je voudrais avancer plus vite, j'ai l'impression de perdre un temps précieux sur des détails, alors que l'enquête m'appelle. Je dois absolument croiser l'histoire des Strauss et celle des spoliations des juifs pendant la guerre.

Aux Archives nationales de Pierrefitte, je consulte les dossiers d'aryanisation, par nom de famille et par adresse. Je ne trouve rien, sans doute parce que Jules a arrêté ses activités de banquier bien avant le début de la guerre. Où et comment chercher ? Il faut que j'interroge l'historien Marc Masurovsky, par e-mail. Je lui fais un petit résumé de l'histoire de la famille. Il me répond tout de suite :

— Vous me parlez du 54, avenue d'Iéna, l'immeuble des Gunzburg (les parents d'Aline) qui a été occupé par l'ERR, l'organisation Rosenberg, le service qui dirigea les spoliations des grandes collections juives !

— Je n'en reviens pas, Jules serait-il allé se jeter dans la gueule du loup ?

Je n'ai pas envie de passer des heures à faire des recherches sur l'ERR, juste de savoir si les Strauss ont été volés, parmi les quinze mille saisies dans les collections juives entreposées au Jeu de Paume et répertoriées par Rose Valland. Le détail des biens volés est aussi consultable en ligne. La collection Strauss n'a pas été saisie par l'organisation Rosenberg. Le mystère demeure.

Toujours revenir aux faits. Je reprends les éléments :

Vers octobre 1940, Jules et Marie-Louise Strauss quittent l'avenue Foch pour *x* raisons.

Ils se réfugient au 54, avenue d'Iéna, immeuble

déserté par la famille d'Aline de Gunzburg, dans l'ancien appartement de leur fils André. L'ERR arrive quelques mois plus tard. Alfred Rosenberg installe les bureaux de la Dienststelle Westen avenue d'Iéna, dirigée par Kurt von Behr. Les dates exactes de son installation divergent. Si les Strauss ont croisé le colonel von Behr, ils auront difficilement pu lui échapper. De nouveau chassés par les nazis, Jules et Marie-Louise quittent l'avenue d'Iéna pour aller vivre chez leur fille Françoise, rue du Ranelagh. Jules meurt là-bas en juillet 1943.

Je n'arrive pas à répondre aux questions suivantes : que font Jules et Marie-Louise de leurs mobiliers et œuvres d'art lors de leurs déménagements successifs ? Comment leur collection a-t-elle pu échapper à la convoitise nazie ?

Il faut que j'en sache plus sur les spoliations. Je rappelle mon ami Thomas, l'historien spécialiste d'Hitler.

— Tom, comment fonctionnait la Möbel-Aktion ?

— Ils vidaient les appartements des juifs restés inoccupés quand ils étaient déportés. Ils prenaient tout, les meubles comme les œuvres d'art, quand il y en avait.

— Jules Strauss n'a pas été déporté, mais son appartement a pu être vidé. Sais-tu où trouver des listes des biens pillés ?

— Il paraît qu'elles ont été brûlées. Mais

appelle mon ancienne étudiante qui est devenue chercheuse de provenance pour un musée à Munich, elle pourra peut-être t'aider !

C'est la première fois que j'entends parler de ce métier de chercheuse de provenance spécialisée dans les spoliations. J'écris à Carolin Lange pour lui raconter en quelques mots l'histoire de ma famille et des déménagements successifs de Jules, chassé deux fois par les nazis. Le soir même, elle m'envoie un lien par e-mail vers le site du ministère de la Culture français.

Sur l'écran de mon ordinateur, la reproduction en noir et blanc d'un petit dessin me paraît terne et sans intérêt, mais ce qui est écrit juste à côté va m'occuper une année entière, jusqu'à l'obsession, me conduire de La Courneuve à Dresde, en passant par un pupitre au ministère de la Culture. La fiche de ce dessin précise :

MNR
*Un berger*
Auteur :
Attribué à Giovanni Battista Tiepolo
Description :
Le dessin est vendu à l'hôtel Drouot le 15 novembre 1928, sous le numéro 127 et adjugé 5 200 francs à Monsieur Strauss.
Il est acquis le 22 mai 1943 par Ehrard Göpel auprès de Victor Mandl à Paris, 9, rue Boccador, pour le musée de Linz ; il est peu avant la fin de

la guerre entreposé à Altaussee avec l'ensemble des collections du Landesmuseum de Linz et enregistré sous le numéro 9082.
Il revient en France par le 24e convoi de Munich le 21 janvier 1948, remis au Cabinet des dessins le 26 octobre 1950 puis attribué aux musées nationaux (musée du Louvre, Cabinet des dessins).

Si ce Monsieur Strauss est bien mon arrière-grand-père, qui sont tous ces gens entre les mains desquels le dessin a voyagé ? Pourquoi depuis plus de soixante-dix ans le Louvre n'a-t-il pas cherché à retrouver les descendants de ce Monsieur Strauss ?

XV

# Un berger, de dos

*Février 2017*. Après des mois de recherches, j'ai fait une demande de restitution aux fonctionnaires du ministère de la Culture en charge des MNR (Musée nationaux Récupération). Le dessin de Tiepolo fait partie de ces deux mille œuvres d'art, parmi celles récupérées en Allemagne après-guerre, et que les musées conservent dans l'attente de les rendre à leurs propriétaires.

J'obtiens l'autorisation de voir le dessin, conservé au Cabinet des arts graphiques du Louvre. Ce département du musée est composé des collections de dessins, de gravures, d'estampes qui, parce qu'ils sont fragiles, ne peuvent être exposés et sont donc gardés en réserve. Ce n'est qu'une autorisation de consultation dont je ne sais pas encore si elle aboutira à la restitution de l'œuvre. J'ai le droit de le voir, sans savoir si je le reverrai jamais.

Mon oncle Michel est venu exprès de Londres. Nous avons rendez-vous dans le jardin des

Tuileries. En ce matin pluvieux, je le retrouve entre les deux lions en bronze qui ont donné leur nom à cette porte du musée. Il m'attend debout sur le sable humide. C'est un colosse un peu voûté qui s'avance doucement vers moi. Je l'embrasse affectueusement, même s'il est un peu intimidant, presque distant. Il sourit peu, ne dit aucun mot inutile.

Je suis cet homme encore imposant, malgré son âge et sa canne, dans les couloirs du Louvre. À l'entrée du Cabinet des dessins, nous découvrons ensemble que le nom de Jules Strauss a été gravé deux fois dans le marbre. En 1925 et 1928, Jules a donné des dessins. Je prends en photo ce moment rare : le petit-fils de quatre-vingts ans debout devant le nom de son illustre grand-père.

*Un berger*, le dessin de Tiepolo que je recherche depuis plus d'un an, a été installé là pour nous, au milieu de la salle vide, sur un petit chevalet. Sans un mot, précédés de la conservatrice du département, nous traversons une salle sublime aux murs couverts de boiseries et de dorures, dont les immenses fenêtres donnent sur les Tuileries. La pièce est si vaste qu'on aperçoit à peine les quelques tables, qui, au pied des colonnes de marbre, accueillent les chercheurs. Perdu dans ce cadre somptueux, la présence du petit dessin, si fin, si modeste sur son chevalet, semble un peu dérisoire.

La conservatrice nous laisse regarder et reste debout juste à côté :

— Prenez le temps qu'il vous faudra.

En moi deux voix se disputent, l'une voudrait prendre la pleine mesure de cet événement, et l'autre, pour dédramatiser, trouve le dessin bien petit, jauni, perdu dans cette pièce grandiose.

Mais comment rester insensible lorsque Michel saisit dans ses larges mains le dessin de son grand-père ? Il s'approche de la fenêtre et le scrute en silence durant plusieurs minutes. Est-ce l'expert ou le petit-fils qui regarde l'œuvre ? Je suis saisie par le vertige de cette rencontre qui nous transporte au-delà des époques et des générations. Puis Michel repose sans rien dire le petit dessin. Pour qui réserve-t-il son diagnostic ?

Quelques minutes plus tard, au téléphone avec son fils Andrew, il s'exprime enfin et qualifie le Tiepolo de *fine drawing*. À moi, il ne dit rien.

C'est à mon tour de me pencher sur ce dessin au lavis de bistre, sorte d'encre de suie brune. Je dois m'approcher pour distinguer la silhouette finement esquissée à la plume d'un homme jeune, de dos, aux cheveux longs. Habillé d'une chemise en peau, il tient un bâton. Son bras gauche est délicatement accoudé sur un rocher, son corps légèrement de profil, incliné sur le côté. Les traits de son visage sont à peine esquissés.

J'espérais que ce dessin me parlerait de Jules. Mais le berger de dos, seul, replié sur lui-même, ne me laisse pas lire ses pensées. Il se dérobe à mon interprétation. Il ne porte que les deux symboles de sa fonction, la gourde et le bâton. Pas de paysage, pas d'animal, le dessin se réduit à l'essentiel. Les traits inachevés du visage du pâtre demandent une attention particulière. Je pense à ce vers de Verlaine : « Sans rien en lui qui pèse ou qui pose… » Je ne voudrais pas passer à côté de son énigme. La marque de collectionneur sur le dessin n'est pas celle de Jules Strauss, mais celle de Pierre Geismar à qui Jules l'a acheté en 1928. Je cherche désespérément un signe de Jules, mais il n'a rien écrit au dos du tableau. Seule marque discrète, la marie-louise or et blanc qu'il a choisie il y a plus de quatre-vingts ans.

## XVI

# Seuls à Paris en 1940

Nadine m'a donné une lettre de Marie-Louise, quelques feuilles de papier bible bleu, fines et transparentes, couvertes d'une écriture serrée, penchée vers la droite avec beaucoup de boucles allongées, que j'ai mis de longues heures à déchiffrer et à remettre dans le bon ordre. Il s'agit d'une longue lettre commencée le 5 octobre et complétée jusqu'en novembre 1940, de Marie-Louise principalement, avec des ajouts de Jules.

Elle est adressée du 60, avenue Foch. Marie-Louise Strauss écrit à ses filles Élisabeth et Françoise qui viennent de s'installer en zone libre avec leurs enfants. Mon père qui a dix-huit ans reprend ses études à Aix, car, admissible à Normale sup, il ne peut passer l'oral, victime du *numerus clausus* qui interdit aux juifs l'accès aux grandes écoles.

Quelle joie de découvrir ce premier témoignage direct de Marie-Louise et Jules, de toucher ce papier, d'entendre leurs voix, enfin. Sur ces feuillets dans le désordre, je perçois la force des liens entre les membres de la famille, leurs préoccupations matérielles en temps de guerre, leur façon assez directe de se parler. J'admire le courage de Marie-Louise qui se bat pour envoyer tout ce qu'elle peut à ses filles.

« Le souvenir des choses qu'on a perdues me donne quelquefois le cafard, dit Marie-Louise, parce que je trouve que j'ai été légère et que je m'en accuse. » De quelles « choses », Marie-Louise parle-t-elle ? En quoi avait-elle le sentiment d'avoir été légère ? Légère ne voyant pas la guerre venir ? Légère dans des décisions qu'elle avait prises ? Elle pense peut-être aux objets d'art volés à la famille.

Marie-Louise se préoccupe de savoir si les affaires qu'elle a réussi à envoyer à ses filles leur seront utiles. Elle n'a pas pu trouver de pyjamas, elle leur envoie du tissu. Elle a pu trouver du beurre même s'il est rance, pas de chocolat cette fois. Elle parle de Jules, qui ne sort pas mais que le médecin est venu voir. Ils vont au restaurant le dimanche, à *La Crémaillère*. Seule sortie qui l'amuse encore. Le cercle d'amis se restreint. Il est difficile d'avoir des nouvelles des uns et des autres. On comprend que l'inquiétude commence à poindre sans mesurer l'ampleur et la gravité des événements à venir.

Marie-Louise lutte contre la peur, elle l'écarte, elle voudrait garder une vie normale, ne manquer de rien, se dire que les choses vont s'arranger.

Elle se soucie de tous et tient le coup. Elle reçoit encore un ami à dîner, reconnaît que le bridge n'est pas essentiel, bien qu'il lui manque.

Mon père Philippe et ses études sont un motif de fierté, il faut lui envoyer ses livres, et des sucreries. Le bien-être de la famille est au cœur des préoccupations de Marie-Louise.

Derrière cette volonté de ne pas peser sur leurs filles avec leurs problèmes, on sent la tristesse de parents seuls à Paris, qui s'inquiètent pour leurs enfants, leurs petits-enfants. Ils se soucient de leur petit-fils, Claude Sorbac, dont ils n'ont pas de nouvelles depuis deux mois. On ne parle pas d'André, leur fils mort un an plus tôt d'un cancer, ni de son fils Michel parti à quatre ans avec sa mère pour les États-Unis. Rien n'est dit directement sur la guerre ni sur les Allemands.

Jules se plaint que la vie soit chère, que les reliures des livres soient « affreuses ». Ce sont les « crémières, bouchères ou boulangères » qui peuvent acheter des manteaux de vison. Dans leur bouche, ce n'est pas juste du snobisme mais la souffrance de voir leur monde disparaître.

Selon Marie-Louise, ma grand-mère Élisabeth semble « calme et sereine », presque heureuse d'être avec sa famille à Aix. Marie-Louise espère qu'elle aura une bonne influence sur sa sœur cadette, Françoise, qui, loin de son mari, de son fils aîné et des « mondanités », semble perdue et inquiète.

Je lis aussi que Jules ne va pas bien. Il voit le médecin, il souffre d'un mal autant physique que moral. Fatigué et triste, il ne sort plus depuis que l'ascenseur est cassé. Il joue à la patience le soir. Seule sa sortie du dimanche au restaurant *La Crémaillère* lui remonte le moral. L'importance de la nourriture comme source de réconfort, comme art de vivre, la gourmandise sont encore très présentes dans notre famille. À quatre-vingt-onze ans, Nadine invente toujours des recettes et n'hésite pas à traverser Paris en taxi pour essayer un nouveau restaurant.

Une phrase de Jules illustre sa profonde mélancolie et son inquiétude : « Où sont les beaux jours d'antan, les Quais et Rossignol. Et les reverrons-nous jamais ? »

J'entends *Le Temps des cerises* que jouait Nicole, ma grand-mère maternelle, au piano : « Mais il est bien loin le temps des cerises, les gais rossignols… »

Peut-être en réponse indirecte aux reproches que se fait sa femme, Jules, entre sagesse et désillusion, tente de réconforter sa fille Françoise :

« Chérie, il faut absolument garder son calme pour les moments actuels et ne pas se laisser aller à des regrets, ce qu'on aurait dû ou pas dû faire. Personne ne peut vous donner un conseil et il faut suivre les inspirations bonnes ou mauvaises. »

Ce dernier ajout à cette lettre date de novembre 1940. Jules et Marie-Louise n'y parlent pas de déménagement.

Je ne sais pas exactement quand ils ont déménagé pour aller s'installer 54, avenue d'Iéna, dans l'immeuble laissé vide par les Gunzburg qui ont quitté la France dès 1940.

En lisant cette lettre, j'éprouve de la peine pour Marie-Louise et Jules, fatigué, déprimé, contraints de quitter l'appartement où ils ont passé trente ans.

Pourquoi sont-ils restés seuls à Paris et n'ont-ils pas rejoint leurs filles à Aix ? Moi qui m'inquiète souvent, et de choses dérisoires, pour mes enfants, pour mon mari, je me mets un instant à la place de mon arrière-grand-mère, qui s'occupe de Jules et de ses filles sous l'Occupation. Elle ne peut compter que sur elle-même. J'admire sa force, son courage et j'éprouve sa solitude. Je me dis que le sort des femmes n'est pas toujours enviable, qu'on se souvient des artistes et des collectionneurs, mais pas de celles qui ont tenu leurs familles à bout de bras, qui ont soigné, nourri et veillé sur tous, dans l'ombre.

Je consulte Nadine, je relis les mémoires de Michel Strauss. Aucune réponse à ma question :

« Pourquoi doivent-ils quitter l'avenue Foch ? » J'entends encore que c'est trop grand pour eux.

Mais ça ne me convainc pas… Dans un Paris occupé où les premières lois antijuives ont été prononcées en octobre 1940, on ne déménage pas sans raison.

Seuls à Paris, loin de leurs enfants, qu'est-il arrivé à Jules, malade, et à sa femme Marie-Louise ?

## XVII

# Les Archives de la spoliation

En ce beau matin froid du 1er mai 2017, j'ai rendez-vous avec Emmanuelle Polack, que j'avais découverte dans un documentaire, et qui a immédiatement proposé qu'on se rencontre. Cette belle femme rousse, chercheuse et historienne d'art, m'a apporté un brin de muguet. Ce geste, son air gai et chaleureux me touchent et me la rendent immédiatement sympathique. J'ai tant de questions à lui poser, de conseils à lui demander. Elle sait qui était Jules Strauss. Elle me demande d'emblée :

— Votre arrière-grand-père a-t-il été déporté ?

— Non, il est mort à Paris en 1943, de vieillesse, de maladie, je ne sais pas très bien.

En prononçant ces mots, je m'étonne une fois de plus d'en savoir si peu.

Avant même d'évoquer la découverte du dessin de Tiepolo, je lui tends un livre que j'ai trouvé par hasard, dans lequel André de Fouquières, écrivain, spécialiste de Paris, mondain

« polygraphe et homme du monde », parle du quartier de l'Étoile (*Mon Paris et ses Parisiens, Les quartiers de l'Étoile*, 1954) :

« Au 60, M. Jules Strauss avait un appartement qui était un vrai musée. Il possédait d'admirables Degas, des Pissarro, des Jongkind, des Boudin, des Whistler, des Roussel, des Carrière, un Christ en croix de Delacroix, *La Dormeuse* de Courbet, un portrait de Berthe Morisot par Manet. À la vente de sa collection, en 1932, Alfred Cortot acquit le portrait de Wagner, portrait dont une réplique avait été léguée par Monsieur Chéramy au musée de l'Opéra. C'est le seul portrait de Wagner qui ait été exécuté "d'après Nature". »

Michel m'a envoyé une deuxième photo du bureau de Jules, le contrechamp de celle qu'il m'avait donnée chez lui à Londres, qui permet de découvrir la pièce entière et de voir d'autres tableaux encore. Emmanuelle scrute d'un œil avisé les collections de Jules et admire le célèbre portrait par Manet de Berthe Morisot au manchon, posé sur un chevalet, dont parle André de Fouquières :

— Il est très connu, ce portrait de Berthe Morisot… Est-ce que certains de ces tableaux ont été spoliés ?

— Je sais que la plupart ont été vendus en 1932… Mais ma grand-mère a réclamé dix de ces tableaux après-guerre, je ne comprends pas pourquoi. Tenez, j'ai retrouvé un dessin de Tiepolo qui lui appartenait et qui est gardé au Louvre.

Elle regarde la fiche attentivement :

— Je vous déconseille de le réclamer sans avoir réuni toutes les preuves… Il vous faut un dossier complet. Est-ce que votre famille a fait une réclamation auprès des services de Rose Valland après-guerre ?

Je n'en sais rien.

— Si votre famille a été spoliée, il y a de fortes chances que l'on trouve quelque chose à La Courneuve. J'y serai demain, vous pouvez m'y rejoindre à 9 heures, si vous voulez.

J'aimerais qu'elle travaille pour notre famille. Mais elle ne me laisse pas le temps de le lui proposer.

— C'est à vous de faire ces recherches. C'est votre histoire.

Je repense à ce qu'Alexis Kugel m'a dit. Je n'ai plus peur de me perdre dans cette quête, d'y consacrer tout mon temps, mon énergie. Emmanuelle propose de me guider. Alors, sans même demander quelles sont ces archives, je dis oui. Je la rejoindrai, elle sera mon guide et mon ange gardien.

Emmanuelle Polack est une spécialiste des archives de Rose Valland, consultables à La Courneuve. Rose Valland, qui, pendant la guerre, était employée du Jeu de Paume, a tenu secrètement le registre des œuvres d'art qui ont été prises aux collectionneurs juifs et gardées dans le musée. Ce registre a permis de les retrouver après la guerre, où elle a continué son action et s'est occupée de la « récupération artistique », la restitution aux familles juives de leurs biens spoliés.

J'ai déposé les filles à l'école, pris le RER B à Port-Royal, me suis arrêtée au milieu de nulle part et ai suivi la petite flèche vers le Centre des archives diplomatiques du ministère des Affaires étrangères.

Un grand mur lisse, un portillon puis un autre portillon automatique. Le luxe très épuré du bâtiment, la modernité des installations, le personnel de sécurité sont le signe que l'on est dans un endroit important. Impressionnant en tout cas, par sa taille et le sentiment de grand vide qui m'envahit dès le hall d'entrée.

Est-il possible que la réponse à toutes mes questions se trouve ici ?

Emmanuelle est déjà installée en haut, dans la salle de lecture, un grand dossier ouvert devant elle. Elle s'arrête un instant et me fait visiter en m'expliquant à mi-voix comment m'orienter. Elle me montre le classeur 209 SUP, la cote des dossiers de la Commission de récupération artistique. Tous les dossiers de réclamations des familles spoliées sont conservés aux Archives du ministère des Affaires étrangères de La Courneuve. Si une famille a déclaré le vol d'un objet ou d'un tableau, il en existe une trace ici, quelle que soit la valeur du bien. Quant aux œuvres spoliées dont on ne connaît pas les propriétaires, récupérées après la guerre, elles sont aussi fichées. Il y a plusieurs portes d'entrée, par œuvre ou par nom de famille.

Si Emmanuelle ne m'avait pas proposé de venir avec elle, si elle ne m'avait pas guidée dans les archives, je ne pense pas que j'aurais tenu le coup. Elle est enjouée, énergique, rassurante, et très à l'aise dans ce milieu qui m'est complètement étranger.

Après avoir franchi plusieurs portillons électroniques, m'être inscrite à l'accueil, avoir laissé toutes mes affaires au vestiaire pour ne garder qu'un crayon, surtout pas de stylo qui peut fuir et abîmer, et un cahier, je peux enfin monter à l'étage des chercheurs. Je ressens un curieux décalage, que je retrouverai souvent dans les principaux centres d'archives, entre le fait d'être dans un endroit luxueux, à l'architecture magnifique, et ce sentiment de grand vide face au petit nombre de chercheurs. Pourquoi un si vaste et luxueux bâtiment pour un si petit nombre d'intéressés ?

Je feuillette l'annuaire des dossiers de réclamations de la CRA (Commission de récupération artistique), qui est vertigineux. Des centaines de noms, sans ordre, se déroulent sans fin. J'en reconnais certains, Gunzburg, comme Aline et Antoinette. Wormser, comme les meilleurs amis de Jules et Marie-Louise. David-Weill, comme le père et le grand-père de mon amie d'enfance Agathe, riches banquiers, collectionneurs, mécènes. Jules aussi était banquier, jusqu'à l'âge de cinquante ans où il s'est exclusivement consacré à sa passion pour l'art. Avait-il fait fortune dans la banque ?

Est-ce que les spoliés n'étaient que de riches familles juives ? En voyant défiler ces noms qui me sont familiers, je ne comprends pas. Comment se fait-il que, connaissant plusieurs de ces familles, jamais je n'aie entendu personne évoquer les vols nazis ?

Les noms sont dans le plus grand désordre alphabétique, mon regard glisse rapidement. Polack, comme Emmanuelle ? Fabius, comme le Premier ministre. Mes yeux se brouillent. Je les ferme un instant. Il y a encore des dizaines de pages. Les lignes s'entremêlent. J'ai mal aux yeux, à la tête, mais je continue… Soudain « Strauss » ! Non, M. Émile Strauss, une autre famille.

Je doute, peut-être que cette méthode est vaine. Mais si tous ces gens que je connais, qui étaient des amis de ma famille, sont là, alors…

Il faut que je tienne bon. Le doigt pointé sur chaque ligne, je reprends l'interminable liste... Soudain, ma main s'arrête sur un nom avant même que mon esprit en ait saisi le sens. Je relis plusieurs fois la ligne précédente, puis la suivante, pour être sûre que mes yeux ne me trompent pas. Enfin, le doigt toujours posé sur le nom, je déchiffre à mi-voix, comme pour moi-même :

« Madame Jules Strauss ».

Il y a bien un dossier de demande de restitution déposé par mon arrière-grand-mère Marie-Louise. Cet élément met fin à des semaines de doutes : si Marie-Louise a déposé une réclamation après-guerre, c'est bien que ma famille a été spoliée.

L'attente du dossier me paraît infinie. Entre le moment où j'ai passé le portillon d'entrée et celui où j'ai ouvert le dossier, il a dû se passer presque deux heures ; mais le temps s'écoule différemment aux archives.

Je m'installe dans la salle de lecture et, comme je n'ai rien à faire, je regarde les gens. Une femme que j'ai déjà croisée au Louvre et au musée d'Orsay prend des dossiers en photo, debout, avec un vieil appareil. Quelques étudiants aussi se servent de leur téléphone.

Je frissonne, le froid de La Courneuve me gagne. Je me renseigne à l'entrée, on me dit que la ventilation est réglée ainsi pour la conservation des archives. À deux tables de moi, Élisabeth Badinter recopie un manuscrit posé sur des coussins pour ne pas l'abîmer.

Tout me semble lent et pénible.

Puis tout s'efface lorsque le carton d'archives arrive. Je cherche fébrilement, en calmant mon impatience car il faut prendre soin de ces documents inestimables.

Émue, comme une archéologue qui voit enfin apparaître, après des heures de fouille, le trésor qu'elle cherchait depuis des mois, j'ouvre le dossier. Je découvre d'abord une attestation du garde-meuble Tailleur Fils qui déclare que le coffre de Jules et Marie-Louise Strauss a été saisi par les « autorités allemandes de l'avenue d'Iéna ».

Des petits papiers écrits par Marie-Louise à la main, au crayon, comme des ajouts à la hâte.

Les listes de biens déclarés spoliés par Marie-Louise au garde-meuble.

Une liste tapée à la machine :

> *Inventaire du mobilier faisant l'objet de notre contrat 1468 de Madame Strauss*
>
> *Mobilier entré le 1er mai 1941*
>
> *1 table basse, 2 plateaux, dont celui de dessus rayé*
>
> *1 grande table*
>
> *1 vitrine ébène*
>
> *1 table basse dorée, Louis XV* (ajout au crayon)
>
> *1 paquet de tableaux…*

*Un total de 69 caisses !*

*Enlevés par les services allemands de l'Avenue d'Iéna, 54 avenue d'Iéna, le 7 juillet 1942.*

Il n'est pas fait mention du dessin de Tiepolo.

L'écho de la phrase de Michel dans son livre devient si ténu : « Tout a été miraculeusement retrouvé après la guerre. » Ce dossier qui dormait là depuis soixante-dix ans est la triste preuve du contraire.

Je crois que la curiosité dépasse l'émotion. Je veux comprendre, parce qu'on ne m'a jamais parlé de tout ça. J'ai besoin de savoir, de lire, de chercher. Je parcours rapidement la liste des biens volés, pour moi ce ne sont que des objets, des chaises, des tables, des caisses d'argenterie disparue. Je suis intriguée par la dernière mention « 1 paquet de tableaux ». Combien y a-t-il de tableaux dans un paquet ? Au moins deux. Marie-Louise ne savait-elle donc pas ce que son mari avait mis dans ce paquet ? Je me demande si le dessin de Tiepolo en faisait partie avant d'être vendu par l'antiquaire Victor Mandl à Erhard Göpel.

Dans quelles conditions Jules a-t-il mis ses affaires au garde-meuble et que savait Marie-Louise ?

Les « services allemands de l'avenue d'Iéna » ne peuvent être que de l'ERR : l'organisation Rosenberg y avait installé ses quartiers généraux.

Emmanuelle Polack me montre des traits rouges et bleus dans la marge devant les meubles déclarés volés. S'agit-il du code couleur de Rose Valland ? Bleu pour les restitués ? Rouge pour les autres ?

Quelques traits bleus pour des chaises, une grande tapisserie. Le reste en rouge. Rose Valland, cette héroïne de la Résistance, cette femme qui a dédié sa vie aux restitutions des familles juives spoliées, s'est-elle vraiment penchée personnellement sur la liste de Marie-Louise ?

Je vais déranger à nouveau la directrice de salle. Y a-t-il des documents nazis dont ils gardent les doubles qui évoqueraient les vols des garde-meubles ? Et détailleraient les saisies ?

À chaque nouveau carton qui arrive après une attente de quarante minutes, mon cœur s'affole. J'espère encore trouver des réponses à mes questions. Je cherche une liste précise des tableaux entreposés au garde-meuble. Mais je ne trouve rien.

À la fois fébrile et épuisée, je vais à la cafétéria pour reprendre mes esprits et grignoter quelque chose. Les émotions successives, le froid glacial, l'attente m'ont éreintée. Tant pis si je fais là le plus mauvais des déjeuners, sandwich glacé lui aussi, soupe en sachet du distributeur, j'ai le cœur léger. Je ne me suis jamais sentie aussi bien. Les soixante-dix ans qui nous séparent, Jules et moi, se sont effacés. Marie-Louise chuchote à mon oreille.

## XVIII

# Ma méthode

Invitée dans une émission de radio intitulée « L'art dégénéré », je suis interrogée pour l'épisode « La blessure mémorielle ». Dans le petit studio sombre de Radio France, la réalisatrice me demande de lire à voix haute la liste de réclamation de Marie-Louise :

— Objets saisis au garde-meuble Tailleur le 7 juillet 1942 : une table basse dorée Louis XV (ajout au crayon), une vitrine ébène, une chaise…

J'aurais dû refuser. Pourquoi dévoiler un document intime, et qui cette liste de mobilier peut-elle bien intéresser ?

— C'est ennuyeux, n'est-ce pas ?

Je me suis interrompue toute seule, pour ne pas céder à l'émotion qui m'envahit malgré moi. La réalisatrice n'est pas contente, il va falloir couper au montage.

Elle enchaîne :

— Ne cherchez-vous pas à reconstituer une

sorte de musée imaginaire de la collection disparue de Jules Strauss ?

Elle parvient encore à m'émouvoir… Reconstituer un musée imaginaire, la formule est jolie, j'aurais voulu la trouver moi-même.

— Oui, c'est exactement ce que je ressens.

Ce serait un bon titre pour le livre que je n'ai pas encore écrit, si André Malraux ne l'avait déjà donné à son essai. Je pense aussi au *Musée de l'innocence* d'Orhan Pamuk, dédié au souvenir de la femme aimée. Comme j'aimerais ouvrir le musée de Jules, de sa collection, organiser une exposition en hommage à celui que je n'ai jamais connu !

De toutes les questions que l'animatrice me pose ensuite, je ne me souviens plus que de celle qui m'a prise de court :

— Quelle est votre méthode ?

Après un long moment d'hésitation, je réponds :

— Je cherche en tous sens… J'explore toutes les pistes en même temps, historique, familiale. Je fais des listes d'œuvres qui lui ont appartenu et je cherche à qui il a vendu et quand, dans les archives des commissaires-priseurs… J'envoie aussi des messages et des questions à des historiens, des historiens d'art, des chercheurs, des sociologues… Tout en même temps !

Pas sûre que ces mots pourront aider les familles qui font le même type de recherche que moi. Je voudrais donner de vrais conseils, une stratégie utile à tous, une marche à suivre. Mais c'est l'instinct qui l'emporte, l'enthousiasme, la curiosité. J'ai la conviction que tout est encore à découvrir et que pour cela il n'y a pas de méthode, c'est à moi de l'inventer.

Je conclus donc l'entretien radio :

— Chercher dans tous les sens ; ne pas avoir de méthode, c'est ma méthode.

Depuis des mois, j'applique cette technique un peu particulière dans le Centre des archives du ministère des Affaires étrangères. Le matin, après avoir déposé mes deux filles à l'école, je marche jusqu'au RER B, direct jusqu'à La Courneuve. La ligne passe aussi par Drancy. Je ne m'y suis encore jamais arrêtée, mais un jour j'irai voir s'ils ont une trace de l'internement de mon grand-oncle Roger avant sa déportation pour Auschwitz.

Helena a insisté sur l'importance de la méthode de recherche, mais j'ai des doutes sur mes compétences, sans doute ai-je trop souvent entendu : « Tu n'es pas organisée, il faut être plus rigoureuse. » Pourtant, alors que je n'étais jamais venue, j'ai trouvé les dossiers de ma famille et je me sens à ma place, pour la première fois.

Dans cette famille de gens doués, mon arrière-grand-père au goût exquis, mon père héros de guerre et haut fonctionnaire, mes frères qui à eux deux couvrent tout le champ des dons artistiques, je me suis souvent sentie à la traîne. Je suis une femme et ce n'est pas un hasard si je n'en ai cité aucune, les femmes de ma famille restent à l'arrière-plan, leurs qualités sont souvent ignorées. Mais ici, au cœur de la banlieue, dans ce centre d'archives où personne de ma famille n'est jamais allé, où personne ne m'attendait et où je n'aurais jamais pensé me trouver un jour, je suis enfin moi-même. Ici, nul besoin d'être brillant ni cultivé. J'ai trouvé les cotes des cartons nous concernant, rempli toutes les fiches de demandes de consultation. Je suis à ma place et j'attends, sereine, leur « communication ».

Alors que je plonge dans le dossier 209 SUP des archives Rose Valland, contenant la réclamation de Marie-Louise, je me rends compte que si j'interroge Nadine depuis des mois sur Jules, je ne sais presque rien de mon arrière-grand-mère. Nadine m'a raconté bien peu de choses. Marie-Louise est née à Paris, après la guerre de 1870. Sa mère anglaise vient de Leeds, d'une famille de marchands de tissus de la moyenne bourgeoisie juive. Marie-Louise a fait longtemps patienter Jules, car cette jeune femme indépendante au fier caractère, intelligente et autoritaire, n'était pas pressée de se marier. Elle lisait beaucoup et dans trois langues (français, anglais et allemand). Nadine lui reproche d'avoir toujours favorisé les garçons de la famille. Mais elle admire son courage. Seule à savoir que son fils

André était condamné par le cancer, elle a gardé le silence.

Je n'avais pas encore prêté attention aux dizaines de petits papiers volants couverts de sa jolie écriture à longues boucles. Écrits à la hâte et joints au dossier initial, je les déchiffre un à un. Ils forment une mosaïque impressionnante de vols. Glace en bronze avec oiseaux volée avenue Foch, liste au crayon à papier d'« objets enlevés fin novembre 1941, 54 avenue d'Iéna » : un bureau avec cartonnier, une pendule Louis XIV, un canapé doré garni tapisserie au point... Comment espérait-elle les retrouver un jour ? Je trouve aussi une copie du contrat de location d'un coffre chez Tailleur, tamponné d'un aigle allemand. Ajout au crayon : « Les deux coffres Tailleur pris le 7 juillet 42 ».

Les Strauss sont restés en vie, mais ils ont été volés partout, tout le temps.

Je trouve aussi un dossier « restitution Strauss » composé de courriers entre Jacques Dupont et un certain M. Florisone. Je reconnais le nom de l'auteur de la préface de la vente de 1961, président des Amis du Louvre, qui évoquait le souvenir de Jules et de ses cadres dans les couloirs du Louvre. Je comprends alors que Jaques Dupont faisait partie de la Commission de récupération artistique, aux côtés de Rose Valland. Qu'ensemble, dès 1945, ils sont allés dans les *collecting points* en Allemagne, où étaient centralisées les œuvres spoliées retrouvées par les troupes américaines. Les équipes de la CRA étaient chargées d'identifier les œuvres et de les rapatrier en France. Tout s'éclaire. Lorsqu'il évoque la vie de Jules durant l'Occupation, « et ce fut, lors des années cruelles de l'Occupation, une tâche difficile de mettre les objets à l'abri », Jacques Dupont sait bien que les Strauss ont été spoliés. Sans doute a-t-il conseillé et cherché à aider ma famille après-guerre. Je découvre aussi qu'un tableau a même été restitué à Marie-Louise : « Les Vœux de bonne année, tableau de Canot, *restitué à Madame Strauss en 1951* ». C'est Jacques Dupont qui est alors intervenu en personne pour que le tableau classé MNR soit rendu à mon arrière-grand-mère. Il a été déclaré volé par la Möbel-Aktion au garde-meuble Tailleur le 7 juillet 1942. Depuis des mois que j'interroge Nadine et ses cousins, pas un seul d'entre eux ne se rappelle cette restitution. Elle est une nouvelle preuve des vols. Convaincue que les nazis en ont gardé une trace écrite, je me lance dans la recherche des archives de l'« action meuble ». On me dit qu'elles ont malheureusement été brûlées pour la plupart. Ce qu'il reste se trouve à Coblence, en Allemagne.

## XIX

# Les cartons de Coblence

Enhardie par mes découvertes à La Courneuve et frappée par l'appel de l'aventure, je décide sur un coup de tête de suivre Emmanuelle Polack à Coblence, en Allemagne. Nous irons ensemble consulter, dans les archives nazies, des cartons nommés *Unbekannt*, de propriétaires inconnus, qui contiennent les photos de centaines de tableaux pris par l'« action meuble » dans les appartements qui ont été pillés.

Emmanuelle fait des recherches sur l'« affaire Gurlitt ». Le fils d'un expert d'art et acheteur pour Hitler a été arrêté en 2010 dans un train sans papiers et avec une importante somme d'argent en liquide sur lui. Les autorités ont retrouvé chez lui des milliers d'œuvres, dont la plupart avaient été acquises pendant la guerre par son père Hildebrand Gurlitt. Emmanuelle fait partie du groupe de travail réuni par les autorités allemandes pour établir les provenances des œuvres.

Si l'appartement de l'avenue Foch, celui de l'avenue d'Iéna et le garde-meuble ont été pillés, peut-être pourrai-je retrouver la trace des tableaux volés de mes arrière-grands-parents parmi les photos conservées à Coblence. Nous décidons de partir ensemble et je suis convaincue de me débrouiller sans problème dans les archives allemandes, comme j'y suis arrivée à La Courneuve. Je pars donc, enthousiaste et sans avoir rien préparé, découvrir le pays de mes ancêtres.

J'ai réservé un Airbnb à deux pas de la gare et noté l'adresse du centre d'archives.

Il faut prendre deux trains, changer à Francfort, la ville de naissance de Jules. Je regrette de ne pas m'arrêter cette fois pour chercher dans les états civils, les cimetières peut-être, la trace de ses cinq frères et sœurs, de ses parents, de mes cousins éloignés s'il y en a encore, mais je suis alors trop impatiente de consulter de nouvelles archives.

Nous sommes si pressées de découvrir ces nouvelles sources, elle pour Gurlitt et moi pour les Strauss, que nous arrivons directement au centre d'archives avec nos bagages. Après avoir pris deux trains qui longent le Rhin, un bus, puis marché encore quelques kilomètres au-delà du centre-ville, nous découvrons le bâtiment ultramoderne des Archives fédérales. Quelques minutes plus tard, nous sommes devant les ordinateurs de la bibliothèque. Catastrophe, le descriptif des fonds est en allemand, les archives ne sont pas encore numérisées. Et le bibliothécaire parle à peine quelques mots d'anglais.

À chaque case *Suche*, « recherche », je tape « Jules Strauss ». Rien. Je tente tous les moteurs de recherche, sans succès. Où et comment chercher alors ? Il faudrait que je comprenne comment les documents sont classés, mais impossible de communiquer avec le bibliothécaire. Je m'assieds et j'observe Emmanuelle qui ouvre de grands cartons de photos, avec, collées derrière, un numéro d'inventaire, le nom du tableau et celui de l'artiste. Il s'agit des photos des tableaux pris dans les appartements par l'« action meuble » et dont les propriétaires ne sont pas identifiés. Ces photos n'étant pas numérisées, il faut les regarder une à une.

— Le temps de la recherche… dit Emmanuelle, face à mon air dubitatif.

Nous allons à la cantine, tout est infect, je prends même des photos pour montrer à Henri. Et puis j'appelle le propriétaire de l'appartement.

— Non, l'appartement n'est pas libre ce soir, il y a une erreur !

Marcus et Bernard ont déjà loué leur studio. Seules avec nos bagages dans les archives nazies, sans endroit où dormir… Emmanuelle rit et nous partons, traînant nos valises dans les rues de Coblence en quête d'un petit hôtel.

Je ne me souviens presque plus de ces deux jours à Coblence, comme si je les avais vécus en dehors du temps et de l'espace. Je ne savais pas très bien où j'étais. Je me rappelle juste les restaurants aux petits napperons brodés, où, quoi que l'on ait commandé, on se retrouvait toujours avec des saucisses, des pâtes aux œufs frais et des bretzels géants. Je ne me souviens pas avoir vu de la salade, ni des légumes. Les gens ne parlaient pas souvent anglais. Les hôtels étaient complets, car il y avait un salon de je n'ai jamais compris quoi.

Nous avons marché, beaucoup, fait le tour des hôtels jusqu'aux quais, la vue sur l'eau nous semblait plus légère malgré la lumière d'automne. Et, à la nuit tombée, nous avons fini par trouver deux chambres avec vue sur le Rhin. Enfin installées, nous avons encore ri de cette situation curieuse, en commandant d'énormes pintes de bière dans le bistrot le plus proche.

De retour dans ma petite chambre d'hôtel, j'ai pensé à mes enfants que j'avais laissés pour une recherche bien hypothétique. Je me suis sentie complètement étrangère à ce pays. Pas en terre hostile, non, mais sans repères. Je ne comprenais rien, ni à l'esthétique ni à la langue.

Le soir, Emmanuelle, infatigable, écrit sa thèse sur le marché de l'art sous l'Occupation, et moi je m'écroule dans mon lit après les émotions de la journée.

Le second jour, Emmanuelle accélère le rythme, il faut qu'elle finisse de prendre les trente-six cartons en photo avant de partir. Comme je ne sais pas quoi faire, je l'imite. J'ai bien apporté une liste de cinquante tableaux de Jules que je cherche, mais je n'ai pas une seule image. Comment faire ? Combien de vues de Venise de Guardi, combien de roses dans un vase de Renoir ?

J'observe Emmanuelle, increvable, portée par sa découverte des cartons de photos *Unbekannt* et par l'ivresse de la chercheuse dans une matière inconnue.

— Patience, Pauline, n'oublie pas… Le temps de la recherche…

Je prends des photos encore et encore, mécaniquement… Certaines enveloppes contiennent les photos de tableaux « détruits » de Salvador Dalí.

Emmanuelle feuillette maintenant des classeurs de correspondances. Elle sait juste assez d'allemand pour se repérer, me dit-elle. Elle me traduit, sur l'un d'eux « Échanges entre Victor Mandl et Erhard Göpel ». Elle sait que le dessin de Tiepolo est justement passé entre les mains de ces deux intermédiaires. Victor Mandl est l'antiquaire allemand de la rue Boccador, Erhard Göpel est l'un des acheteurs d'Hitler, chargé d'acquérir des œuvres pour le musée de Linz, que le Führer veut faire construire.

Ce sont des copies de dossiers, sans aucune explication. Et personne pour me traduire la teneur des échanges. Quelle frustration ! Alors une fois de plus je prends des photos, c'est tout ce que je peux faire.

Quelques jours plus tard, j'envoie mes photos à Marius Mazotti, l'étudiant allemand, qui m'a déjà aidée à Berlin. Il traduit, lui, facilement l'écriture en lettres gothiques manuscrites, et m'annonce une bonne nouvelle. Il y a écrit « Un berger » et c'est une facture entre l'antiquaire et l'acheteur d'Hitler. Sans le savoir, j'ai trouvé la facture du berger de Tiepolo, la preuve irréfutable de sa vente aux nazis.

## XX

# Garde-meuble Tailleur Fils

*Paris, le 5 mars 45*

*Je soussigné, Philippe TAILLEUR, gérant de la Société Garde-Meuble, TAILLEUR Fils, 106 rue du Bac à Paris, certifie que le mobilier appartenant à Madame STRAUSS (Contrat N.1564) a été enlevé de notre garde-meuble par les Services Allemands de l'Avenue d'Iéna le 7 juillet 1942.*

*Pour le garde-meuble Tailleur Fils*
*Le Gérant*
*Philippe Tailleur*

En lisant la lettre de Marie-Louise pendant la guerre, j'ai découvert son courage. Je l'imagine quelques années plus tard, en mars 1945, essayer de réunir des documents, s'accrocher à l'espoir de récupérer un jour quelque chose.

Depuis 1939, elle a tant perdu, son fils André, son gendre Roger, déporté, puis son mari. Elle a dû déménager plusieurs fois, se séparer de tout ce qu'elle possédait. Seule à Paris en ce jour de printemps 1945, elle va trouver M. Tailleur pour lui demander une attestation. Sans ce document, aucune chance de récupérer quoi que ce soit.

Je pense à son trajet à elle, vêtue de noir, sur le trottoir de la rue du Bac que j'emprunte si souvent. L'adresse m'est familière. Comment aurais-je pu savoir que l'endroit où ma famille a été volée est aujourd'hui l'adresse du Secours Catholique, où je suis souvent allée donner des affaires ?

J'hésite un peu à l'entrée, il est parfois plus facile d'éplucher des dossiers poussiéreux que d'aborder des inconnus pour leur parler de crimes nazis.

Mais le visage familier de l'homme à l'accueil m'aide à vaincre ma timidité :

— Avez-vous entendu parler d'un garde-meuble qui se trouvait là autrefois ? Il y a soixante-dix ans ?

— Un garde-meuble ?

Il écarquille les yeux. Je mesure bien le côté un peu hasardeux de ma question.

— C'est parce que mon arrière-grand-père avait mis ses meubles là pendant la guerre et…

Bref moment d'hésitation ; soit le sujet le touche, soit il se dit que je suis une folle venue réclamer des choses volées soixante-dix ans plus tôt…

— Et son garde-meuble a été volé…

Rien sur les nazis pour ne pas l'effrayer.

Il ne sait pas et m'emmène voir son collègue qui travaille là depuis plus longtemps. Lui a entendu parler de Tailleur et il me montre, autour de la cour carrée pavée, l'emplacement des anciens bâtiments qui ont été rasés.

J'essaie de reconstituer. Début 1941, le camion Tailleur arrive de l'avenue Foch et entre dans la cour carrée du 106, rue du Bac. Les déménageurs déchargent soixante-neuf caisses et les transportent dans une pièce au rez-de-chaussée. L'un d'eux tient un inventaire établi sans doute par Jules ou par M. Tailleur, signé de Jules.

Comment les choses se sont-elles passées le 7 juillet 1942 ?

Des hommes de la Dienststelle Westen, du 54, avenue d'Iéna, entrent dans l'immeuble et se font ouvrir les coffres par M. Tailleur. Peut-être lui demandent-ils d'ouvrir ceux des juifs d'abord. Peut-être Jules Strauss est-il en haut de leur liste ? Embarquent-ils tout ? Choisissent-ils ? Où vont-ils avec les caisses ?

Il y a un camp de tri rue de Bassano, à deux pas de l'avenue d'Iéna. Emportent-ils les caisses là-bas ?

Je sais bien peu de choses.

Quels tableaux de Jules se trouvent alors dans les caisses ? Où ces caisses vont-elles ensuite ? Où les tableaux sont-ils envoyés ? Et les meubles ? Vendus à Drouot ? J'en aurais peut-être déjà retrouvé la trace. J'ai vu des photos de vitrines de grands magasins où le mobilier des familles juives était entreposé avant d'être expédié en Allemagne. Mais comment puis-je identifier « 2 chaises Régence » ?

Si les tableaux avaient été transportés de la rue du Bac au Jeu de Paume, ils auraient été classés, répertoriés par Rose Valland, et nous aurions pu les retrouver après la guerre.

— Madame, est-ce tout ce que je peux faire pour vous ?

Ça fait dix minutes que je me tiens debout au milieu de la cour. Perdue dans mes pensées, je n'ai prêté aucune attention à l'homme de l'accueil, qui m'attend pour retourner à son poste : une femme est venue déposer des sacs d'habits.

Et les soixante-neuf caisses Strauss, où sont-elles passées ?

— Non, rien, merci.

Je ne sais plus quoi demander, c'est comme si rien de ce que j'imagine n'avait vraiment eu lieu. Aucune trace du garde-meuble. Pas même les murs, rien, effacé.

Les semaines qui suivent, je continue de chercher les archives de la maison Tailleur. Le marchand de chaussettes et de collants qui est né rue du Bac se souvient d'avoir vu des camions Tailleur, enfant, dans les années 1960. Passionné par l'histoire de la rue, il a fait un petit film avec les factures des anciennes enseignes, qu'il me montre dans son arrière-boutique. Sa femme nous rejoint. Je lui raconte mon enquête et la vie de Jules. Je lui montre même une photo de son salon, je crois. Elle se passionne et compatit. Elle me dit être de la famille du peintre Renoir. Est-ce une blague ou une coïncidence ? Non, elle m'entraîne quelques mètres plus loin, de l'autre côté de la rue, pour voir, de la cour, l'ancien atelier. Je ne sais plus quels sont ses liens exacts avec le peintre, mais la rencontre avec ce couple, nos échanges inattendus me touchent profondément. Henri se moque toujours de moi, qui trouve qu'on ne parle jamais vraiment aux autres. Sans mon enquête, je n'aurais pas eu cette conversation, avec des gens que j'ai vus pourtant des dizaines de fois.

J'imagine que les archives de la maison Tailleur me livreront des secrets. Dans les Pages Blanches, un certain Jean Tailleur à Paris est répertorié. Je téléphone et tombe sur un répondeur. Cet homme me dirait-il : « Oui, justement c'étaient mes grands-parents et j'ai gardé leurs archives, venez les consulter chez moi quand vous le voudrez » ? Je ne laisse pas de message.

Tailleur a été racheté par la société Demeco dans les années 1970. Au téléphone, la société de déménageurs n'est pas très coopérante. Les archives ? Aucune idée… À qui demander ? Aucune idée. J'essaie d'autres numéros, le siège, rien. Mauvaise volonté ou ont-ils reçu la consigne de ne pas s'étendre sur les années peu glorieuses de leur histoire ?

Les déménageurs ont beaucoup travaillé pendant la guerre, et ils ont été mis à contribution pour déménager les biens des juifs. Mais faut-il suspecter tous les déménageurs de collaboration ?

J'appelle la chambre syndicale du déménagement : on ne sait pas à qui demander, on me rappellera…

Aux Archives nationales, je cherche les procès de déménageurs. Je regarde celui de Grospiron, dont on voit encore aujourd'hui les camions dans les rues de Paris. Je ne trouve rien sur les Strauss. J'en reviens aux « services allemands de l'avenue d'Iéna ». De quels services s'agit-il ? De l'ERR sans doute, l'organisation Rosenberg.

La piste Tailleur est plus complexe que je ne le pensais. Comment arriver à retrouver leurs archives ? Comment savoir ce qu'il y avait exactement dans les caisses entreposées au garde-meuble par Jules et Marie-Louise ? Étrange tour de l'Histoire qui fit installer l'ERR dans l'immeuble des Gunzburg où Jules et Marie-Louise avaient trouvé refuge.

## XXI

# Par hasard, Modiano

Henri me dit depuis quelques semaines qu'il faudrait que je raconte mes recherches à Patrick Modiano, que je connais peu mais depuis longtemps, et que j'hésite à déranger, parce que je l'admire trop et que je suis timide. Pourtant, je garde toujours dans mon sac à main le discours qu'il a prononcé quand on lui a remis le prix Nobel. Je pense souvent à ce qu'il a dit de la raison pour laquelle il ne peut pas finir ses phrases. Enfant, il était toujours interrompu par les adultes qui ne savaient pas l'entendre. Je comprends cette souffrance-là.

Un jour de braderie dans mon quartier, une occasion inespérée s'offre à moi. Je me promène parmi les stands avec mes filles et mon mari, quand, de loin, dans la foule, Henri reconnaît la silhouette élancée, l'imperméable, les cheveux gris du grand écrivain, à côté de celle, plus petite, vive et gracile, de sa femme. Bien sûr, il n'est pas question de les héler dans la rue.

Je suis née à deux rues de là, et je sais bien qu'en courant très vite, je pourrai rejoindre le boulevard Raspail pour arriver à temps à l'embranchement de la rue de Varenne et espérer alors faire semblant de croiser les Modiano par hasard.

Si je cours trop vite, j'arriverai essoufflée, et ils me prendront pour une folle. Je sais la timidité du grand écrivain, il détesterait sûrement que je l'aborde ainsi. Mais tant pis, je cours de toutes mes forces ; il faut que je lui pose cette question qui m'obsède depuis des semaines. Une telle occasion ne se reproduira pas.

Je m'arrête net quelques mètres avant lui pour reprendre mon souffle, faire bonne figure et lui adresser enfin la parole. Très élancé et un peu voûté, les cheveux presque blancs, le visage doux, il se tourne vers moi, sans avoir l'air étonné, le regard plein de bonté et de gentillesse. Il semble ne pas voir que j'ai le souffle court, les joues rouges, que je tremble un peu de ma propre audace. Je pourrais l'appeler par son prénom mais je n'ose pas. Je regarde sa femme, Dominique, dont le sourire chaleureux m'encourage :

— Bonjour monsieur...

Là, il faudrait que je trouve une petite forme d'introduction civilisée mais je n'y arrive pas. Alors un peu abruptement je lance :

— Je fais des recherches sur mon arrière-grand-père, Jules Strauss, collectionneur d'art.

Je me demande ce qui lui est arrivé pendant la guerre et je voulais vous en parler…

Il me regarde avec douceur, comme si cette question allait de soi, comme si j'avais parlé du temps, ou que je lui avais demandé mon chemin.

— Oui, Jules Strauss, le grand collectionneur, je crois qu'il vivait dans l'immeuble de la compagnie d'assurances le Phénix. Au 60, avenue Foch, il me semble ?

Je n'en reviens pas, comment sait-il où vivait mon arrière-grand-père il y a soixante-dix ans ? Encore une fois, le nom de Jules Strauss agit comme un mot de passe. Je reste sans voix, je me contente de sourire pour acquiescer, surtout ne pas l'interrompre…

— Les nazis ont réquisitionné son appartement… Je crois que j'ai ça quelque part dans mes papiers. Enfin, je ne sais pas très bien.

Il fait un grand signe de la main, comme s'il se plongeait à nouveau dans les abîmes du passé, que tout redevenait trop touffu et complexe. Il a pourtant été d'une grande précision.

J'en ai les larmes aux yeux. En un instant, il a fait revivre Jules et son histoire.

Je me doutais bien que Jules et Marie-Louise n'avaient pas déménagé parce que l'appartement était devenu trop grand pour eux. Mais voilà que cette rencontre providentielle m'apporte un élément déterminant. Les Strauss ont été chassés de l'avenue Foch par les nazis.

Je suis effrayée par cette nouvelle piste, triste pour Jules et Marie-Louise qui ont dû souffrir plus que je ne l'imaginais.

Je ressens une forme de fraternité envers ce grand homme, nous sommes du même monde, de ceux qui fouillent le passé pour qui le passé est toujours là, parfois plus présent que le présent lui-même.

Il me promet qu'il va chercher dans ses archives pour moi. Je lui laisse mon numéro de téléphone et je repars bouleversée.

Quelques semaines plus tard, je suis assise au bord d'une piscine en Normandie quand le téléphone sonne.

— Bonjour, c'est Patrick Modiano. Je ne vous dérange pas ?

Tant pis si mes deux filles savent à peine nager, si le vieux monsieur de quatre-vingt-dix ans qui nous a invitées pour le week-end ne peut pas s'en occuper. J'attrape le premier bout de papier dans mon sac pour noter. De sa voix timide, à la fois hésitante et précise, il me parle de la réquisition de l'appartement de Jules. Il me confie ce que je cherche à savoir depuis des semaines, m'éclaire sur la question qui m'obsède : qui a réquisitionné l'appartement de Jules et Marie-Louise ?

— C'est un agent du SD, le service de sécurité de la Gestapo, Kurt Maulaz, qui s'est installé dans l'appartement de votre arrière-grand-père en 1940. Il était lié au réseau Otto et il y recevait le Tout-Paris de la collaboration économique, la famille Boussac, Jean de Beaumont… J'ai tout ça dans mes papiers, je pourrai vous en dire plus…

En l'écoutant, je revois la seule photo en noir et blanc que j'ai du salon de Jules, aux murs couverts de toiles, et j'imagine une fête donnée par Maulaz, que l'historien Marc Masurovsky me décrit comme « un agent typique du SD, sans pitié, égoïste, à la solde de l'idéal nazi. Forcené et efficace ». On se croirait dans un mauvais film, de belles femmes, de riches industriels français, des nazis, des collabos, du champagne. Et tout ça dans le salon de mon arrière-grand-père, parmi ses tableaux, ses bronzes. Et lui, chassé, humilié, spolié.

J'imagine, mais je ne sais encore rien. Je mesure le bond énorme qu'a fait mon enquête grâce à Patrick Modiano. Jules et Marie-Louise n'ont pas traversé cette guerre sans heurts, il n'y a pas eu de miracle comme l'espère Michel… Encore une pierre jetée dans le silence et le déni familial.

De retour à Paris, je relis *Un pedigree*. Dans ses souvenirs d'enfance, je retrouve la liste des noms que Modiano m'a donnée quelques heures plus tôt au téléphone. Des personnages troubles, à la lisière… Entre la Gestapo et les petits voyous du marché noir, il y a tout un monde qui nous touche tous les deux et nous lie désormais.

J'invite Michel Strauss, de passage à Paris, à venir voir mon frère Édouard au théâtre Antoine. Alors que nous marchons ensemble dans le hall du théâtre, je sursaute en découvrant l'ancien nom du théâtre. Simone Berriau, propriétaire, comédienne, qui n'est autre que l'acheteuse du *Portrait de Jacques de Nittis enfant.* Ce soir-là, tout s'enchaîne de manière vertigineuse.

Je regarde, émue, mon frère qui interprète ce texte dans lequel Modiano raconte son enfance dans l'après-guerre, le souvenir de ses parents durant l'Occupation. Le marché noir, la famille Boussac, Jean de Beaumont, tous les acteurs sont bien là. Édouard ne sait pas qui fut Kurt Maulaz, le chef du SD installé chez Jules Strauss.

Si Édouard dit ce texte avec tant d'émotion, c'est peut-être parce que c'est aussi son histoire. Je regarde Michel, qui découvre Édouard dans la peau du jeune Modiano, alors qu'il raconte les années d'Occupation et s'interroge sur les activités de son père. Mon oncle est-il conscient de tous ces liens qui nous unissent ?

Michel s'est endormi. Par-dessus son épaule, je regarde Henri les yeux pleins de larmes.

Moi non plus, je ne résiste jamais à la fin,

lorsque, jeune homme, Modiano parvient enfin à respirer, que le poids du passé s'efface et laisse place à l'espoir :

> *Ce soir-là, je m'étais senti léger pour la première fois de ma vie. La menace qui pesait sur moi pendant toutes ces années, me contraignant à être sans cesse sur le qui-vive, s'était dissipée dans l'air de Paris. J'avais pris le large avant que le ponton vermoulu ne s'écroule. Il était temps.*

## XXII

# Les pieds trempés

Les pieds trempés, debout sur la pelouse humide, je répète la même chose depuis deux heures, sous des formes différentes :

— Nous sommes avenue Foch, surnommée « avenue de la Gestapo » sous l'Occupation parce qu'elle y a réquisitionné une douzaine d'immeubles. Mes arrière-grands-parents vivaient au numéro 60, jusqu'à ce que les nazis s'installent dans leur appartement et qu'ils soient obligés de déménager.

Je viens de découvrir la longue liste des services nazis qui, dès 1940, cernent l'appartement familial, que je récite un peu maladroitement face à la caméra. J'ai accepté de participer à une émission de télévision sur les chercheurs de biens spoliés, qu'ils soient professionnels ou amateurs, comme moi.

Le cameraman me filme, la réalisatrice relit ses notes, le technicien tient bien haut sa perche, l'air absent. Il fait gris, froid, humide. Je me sens triste et assez minable. Pourquoi livrer l'histoire de ma famille à des inconnus ?

— Tu peux la refaire en te tournant comme ça ? Tu peux traverser la rue ? Montre l'immeuble du doigt. Marche, plus lentement. Répète encore une fois.

Ils m'énervent tous, et pourquoi me tutoie-t-elle ?

Je reprends :

— L'appartement a été réquisitionné par un agent du SD, Kurt Maulaz. Non, pardon, un agent de la police de sécurité de la Gestapo, responsable du service économique, et qui s'occupait des listes Otto, listes des livres interdits... Et qui était aussi responsable de...

Que faisait-il exactement ? Qui était-il, je ne sais plus... Il faut que j'arrête là, je suis nulle en histoire et je n'ai pas imprimé l'organigramme de la Gestapo. Depuis que j'ai croisé Patrick Modiano, je cherche la trace de ce Kurt Maulaz.

Je ne me trouve pas intéressante, mon esprit est parti quelque part ailleurs, je me raccroche aux fenêtres de cet appartement. Quelles sont celles du bureau de Jules ?

Je le vois, il s'approche d'une fenêtre mais ne l'ouvre pas, son beau regard triste cerclé de petites lunettes, comme Léon Blum. Je donnerais tout pour lui parler.

Il était pudique, discret, lui, et moi je raconte

sa vie à la télévision. Plus je parle, plus je me rends compte que je ne sais rien de mon arrière-grand-père. Qui était-il vraiment ? Quand a-t-il appris que les nazis arrivaient ? Dans quelles conditions a-t-il dû quitter son appartement ?

J'imagine alors que j'entre chez Jules et Marie-Louise, dans le hall de l'immeuble, et je découvre, quatre étages au-dessus de l'entresol, la grande galerie d'entrée, les deux salons, l'étude de Jules aux murs couverts de toiles dont j'ai les photos.

Mais le cameraman interrompt mes rêveries :

— Tu peux reprendre du début en passant par-dessus la petite grille, s'il te plaît ?

Il sourit enfin, fier de son idée de mise en scène, la fille franchit la grille pendant qu'elle parle des nazis, c'est plus moderne.

Jules Strauss n'a même pas été déporté, déception, l'œil sera sec sur le gros plan.

Quand vont-ils me poser des questions ? J'en ai assez de monologuer face à la caméra. Est-ce que je suis bien coiffée, est-ce que mon nez n'est pas trop gros à cette distance ? Le téléphone sonne, c'est Nadine, il faut que je décroche. Elle a vécu là, chez ses grands-parents, de 1932 à 1939, elle est donc la seule personne qui puisse m'aider et à qui j'ai discrètement envoyé un SMS.

— Allô, Nadine, dis-moi, l'immeuble de Jules Strauss, c'est le 58 ou le 60, parce que le 60 est beaucoup plus beau et tu m'avais parlé d'un frontispice, alors je ne sais pas…

Oh non, je me suis trompée d'appartement, Jules Strauss était juste à côté. Le cadreur fait la tête. Il va devoir tout recommencer. Quant à moi, je vais reprendre laborieusement mon monologue, mais avant, j'implore la réalisatrice, je suis gelée !

— Non, on n'a pas le temps de prendre un café, Pauline, tu marches et tu racontes en même temps. Tu ne veux pas essayer d'entrer dans l'immeuble ? On pourrait sonner au cinquième ? Ça ferait un plan intéressant non ?

Je souris cette fois. Je n'ai pas besoin de sonner à la porte pour entrer dans l'immeuble.

Le soir même, je lui envoie un message :

> *Lætitia, je suis désolée mais je ne souhaite plus être filmée, je ne veux plus rendre publique une recherche qui est très personnelle. Je vous avoue que j'ai trouvé pénibles le tournage et le fait de raconter des choses qui touchent ma famille et qui me sont si intimes. Je me rends bien compte que je vous complique la vie en changeant les plans. Mais je n'y arrive pas. Je suis sincèrement désolée.*

C'est par cet e-mail que je compte me sortir de là. Est-ce de la lâcheté émotionnelle ? Oui, sans doute, plus que de la pudeur. Prise de remords, je pense à la mémoire de Jules, aux autres familles spoliées que mon témoignage pourrait aider.

Quels chemins me faudra-t-il encore parcourir pour arriver à toi, Jules ?

## XXIII

# « Ma force, ce fut d'être discret »

*Fin mai 2017.* Une liste de tableaux déclarés volés mais déjà vendus, un paquet de tableaux non identifiés saisis dans un coffre, un dessin de Tiepolo dont il me faut retracer la provenance, je ne sais plus où ni comment chercher.

Paradoxalement, face à toutes mes incertitudes, aller voir une voyante me semble la chose la plus raisonnable. C'est la deuxième fois que je rencontre Nadège, médium, mais elle ne me reconnaît pas. Sans doute n'a-t-on pas besoin de mémoire quand on a le don de voir le passé et l'avenir.

La première fois, c'était pour lui demander ce que j'allais faire de ma vie. À quarante ans, je commençais sérieusement à m'inquiéter de n'avoir encore rien publié, je cherchais à savoir si elle voyait en moi une vocation cachée, un don secret. Sans doute n'avait-elle rien vu alors, mais ses mots m'avaient encouragée à ne pas perdre confiance, j'allais trouver un jour. Peut-être est-ce à nouveau pour ça que je reviens la voir aujourd'hui, parce que je me sens seule, perdue, que j'ai besoin qu'elle m'encourage et me dise que je suis sur le bon chemin.

Mais, dans la salle d'attente, je m'inquiète. Vais-je apprendre de pénibles secrets de famille ? Rien ne m'assure qu'elle n'est composée que de héros. Y a-t-il des traîtres, des lâches ? Des zones grises ? Ai-je vraiment envie de savoir ? Si j'explique aux fonctionnaires en charge des MNR (Musées nationaux Récupération), aux conservateurs du Louvre, que la voyante a vu le Tiepolo dans le salon de Jules, nous le rendront-ils enfin ? J'ai peur de ce qu'elle va voir... Et je crains aussi qu'elle ne voie rien.

Nadège me fait entrer dans un bureau. Tout habillée de blanc, les cheveux décolorés presque blancs aussi, c'est une femme assez gironde et chaleureuse, loin de l'image de la voyante illuminée.

Sans rien dire, je lui tends les deux photos que j'ai apportées, bien décidée à ne pas prononcer les mots « juif » ni « spolié » pour ne pas lui rendre la tâche trop facile.

L'une représente Jules Strauss en pied, cigarette à la bouche, chapeau et canne à la main. Prise dans les années 1920, très certainement.

L'autre photo, qui date de la même époque, est celle du bureau de Jules et de ses toiles impressionnistes. Saura-t-elle me dire si oui ou non elles ont été volées ?

Elle ne regarde pas simplement les photos, elle s'y plonge. La magie opère-t-elle par imprégnation ?

— Il était collectionneur, n'est-ce pas ? C'est un travail de RG qui vous attend. Un historien… Non, plutôt un historien de l'art va vous aider. Je vois une femme.

Ah non, j'espérais éviter ce côté « je vois, je vois ». Cette femme dont elle parle est-elle Emmanuelle Polack ?

Elle voit aussi des pays où je devrais orienter ma recherche, la Hollande, la Suisse et surtout l'Allemagne. Tous les pays liés aux recherches de biens spoliés, ça va être long… Elle évoque aussi des tableaux revendus aux États-Unis. Plus tard, je chercherai dans tous les musées, toutes les bases de données, partout et dans tous ces pays…

Et puis elle me dit un mot de Jules. Elle l'entend, il me parle, me dit-elle. Et je frissonne quand elle prononce les paroles de Jules. Je perds tout esprit critique quand elle dit me transmettre les mots mêmes de mon ancêtre :

— « Sois la lumière du chemin obscur. »

On se croirait dans *La Guerre des étoiles*. J'ai envie de rire, mais presque davantage encore envie de croire que Jules me charge de cette mission. Alors ces mots ne sont peut-être pas les bons, mais ils me rassurent, je ne fais pas tout ça pour rien. Je choisis de les prendre au premier degré.

— Oui, il vous dit de lever le voile sur les non-dits, ajoute-t-elle.

Elle ne m'aide pas avec ces termes pseudo-psychologiques. Jules ne se serait jamais exprimé de cette manière ! J'ai un peu honte de mêler la mémoire de Jules à ce qui n'est peut-être qu'une mascarade.

Pourtant, je dois lui poser la question qui me brûle les lèvres. Et si Andrew avait raison ? Lors d'un déjeuner à trois avec Nadine, mon cousin lui avait soumis une hypothèse qui m'avait fait froid dans le dos mais qui avait fait hausser les épaules à ma tante. Cette scène que j'imagine est fascinante, perturbante, romanesque :

Jules était d'origine allemande, il aurait pu rencontrer un officier allemand féru d'art avec qui il aurait négocié la survie de sa famille, leur fuite et sa propre relative tranquillité pendant l'Occupation. En échange d'œuvres d'art. Nadine trouve l'idée absurde, un dignitaire nazi n'avait pas besoin de négocier pour saisir les œuvres d'un collectionneur juif.

À moins de retrouver un jour une correspondance secrète entre les deux hommes dans des archives privées quelque part en Allemagne, ou un arrière-petit-fils qui se sera penché comme moi sur l'histoire de son aïeul, je ne crois pas que nous pourrons jamais savoir.

Nadège voit un officier amateur d'art dont Jules se serait rapproché. Je lui suggère des noms que j'ai lus dans mes recherches, des nazis amateurs d'art qu'il a dû rencontrer dans des conditions que j'ignore.

S'agit-il de Kurt von Behr, qui dirige l'ERR en France, sélectionne, collecte et rapatrie en Allemagne les objets qui intéressent Hitler et Goering ? Et qui se sert parfois au passage ? Ou de son assistant Bruno Lohse, qui s'est reconverti en paisible marchand d'art à Munich après-guerre, après avoir déposé dans un coffre à Zurich quelques toiles spoliées ? Ils avaient tous deux leurs bureaux au 54, avenue d'Iéna à partir de fin 1941, dans l'immeuble Gunzburg où Jules et Marie-Louise venaient de trouver refuge, chassés (maintenant c'est une certitude) de l'avenue Foch.

Ou bien l'officier dont parle Nadège serait-il Kurt Maulaz, l'agent SS dont m'a parlé Modiano, qui s'est installé 60, avenue Foch, sans doute dans l'appartement de Jules, bien que je n'en aie pas la preuve formelle ?

Serait-ce l'ambassadeur d'Allemagne, Otto Abetz ?

Non, ces noms ne lui disent rien, mais elle voit pourtant bien un lien puissant avec un officier qui a protégé la famille. En cachette de ses supérieurs, il aurait tenté de proposer un marché à Jules. Je ne sais pas si elle voit réellement quelque chose, mais son bon sens me convainc presque.

Pourrais-je jamais trouver des preuves de cette rencontre ?

Elle évoque le gendre de Jules, avec qui il se serait disputé car il accusait Jules de négocier avec l'ennemi. Nadège est certaine qu'il s'agit bien de Roger Sorbac, déporté en 1941. Il a été arrêté chez lui et déporté dans le premier convoi.

J'essaie d'imaginer cette dispute entre deux hommes, menacés l'un et l'autre, et qui ont fait ce qu'ils pouvaient pour échapper aux nazis.

Cette médium ne prend pas de voix bizarre. Elle n'est pas agitée de tremblements. Nadège est si simple que souvent je ne sais pas quand c'est elle qui parle et quand elle parle pour Jules.

Elle regarde à nouveau le portrait de Jules. Son regard se voile de compassion et de tristesse :

— Oh ! Cet homme a été maltraité…

Les images se bousculent dans ma tête. À quatre-vingts ans, Jules a-t-il subi des violences physiques en plus des violences morales ? A-t-il été maltraité physiquement ? Battu, menacé ?

Nadège ne sait pas.

— « Les Français dénonçaient beaucoup. »

Oui, ça aussi je l'ai lu dans des livres…

Pourrait-on avoir des noms, des circonstances ? Rien. Elle me demande sans transition :

— Y avait-il un musicien dans la famille ? Je sens, près de Jules, quelqu'un de doué pour la musique.

S'agit-il de Marie-Louise ? Nadine, que j'appelle juste après, me confirme qu'elle était une bonne pianiste, ce dont elle ne m'avait jamais parlé. Décidément, les qualités des femmes de la famille sont souvent oubliées.

Nadège continue :

— « La vérité n'est possible que dans le consentement de l'Histoire. »

Ne pourrait-elle pas parler normalement ? Cette phrase d'oracle ne m'aide pas beaucoup à comprendre ce qu'il s'est passé. Parle-t-on de la difficulté qu'a la France à reconnaître les crimes de Vichy ? Quel rapport avec Jules ? Je ne sais pas si c'est Nadège qui parle ou si c'est Jules à travers elle, ça m'est égal au fond, mais je voudrais des réponses.

— « Moi, je n'ai vendu personne. »

Pourquoi cette phrase-là me touche-t-elle plus que les autres ? Je me sens mal, oppressée, triste. De quoi Jules se défend-il ? À qui s'adresse-t-il ? Je sais que certains ont dénoncé pour de l'argent, mais y a-t-il une histoire précise que j'ignore ? Comment Roger Sorbac a-t-il été arrêté le 12 décembre 1941 ?

Nadège reprend, Jules a acheté la survie de

sa famille en donnant, en distribuant ses œuvres d'art.

C'est moi qui lui ai soumis cette idée, mais enfin, jouons le jeu…

— « La bêtise humaine a fait de nous de vulgaires négociants », dit Nadège, l'air grave. « Jésus était juif, nous sommes tous juifs. »

Ça, je l'ai tant entendu…

Elle semble partie très loin, plongée dans un monde parallèle, je ne sais pas si c'est une voix qu'elle entend, un univers qu'elle ressent.

— « Apprends à te libérer des chaînes du passé, regarde l'Histoire avec discernement. »

Si c'est Jules qui parle, très bien, mais si c'est Nadège… Pourquoi me fait-elle la leçon ?

Je ne sais qu'en penser. Certaines phrases sonnent juste à mon oreille.

— « Ma force fut d'être discret et de réussir à négocier. »

Oui, Jules était discret. Il l'a toujours été, il ne s'est jamais vanté de ses dons au Louvre. Quand je regarde son portrait en noir et blanc, j'imagine qu'il aurait pu s'exprimer ainsi, je sens sa modestie.

— Il parle maintenant de la barbarie des hommes, dit Nadège. « Je n'étais pas un barbare. » « La force de la victoire est d'avoir subsisté à l'horreur. »

Obsédée par la scène de négociation, j'imagine tous les scénarios possibles entre Jules et l'officier. Quels mots, quelle ambiance, et peut-être quelles menaces ?

Je parle à Nadège des tableaux déposés au garde-meuble Tailleur Fils, où sont-ils ? Quels tableaux y étaient entreposés ?

Elle ne me répond pas, mais regarde intensément la photo du bureau de Jules. Elle me dit qu'il faut chercher aussi en Argentine. À Buenos Aires, où Claude Sorbac est parti vivre à la fin de la guerre ? Il faudra un jour que j'arrive à parler à Claude.

— Pourquoi moi, Pauline, je me retrouve plongée dans cette enquête ?

— « Parce que tu es la neutralité. »

Je ne me sens pas neutre, chargée de tant d'affection et de loyauté envers mes ancêtres.

D'après Nadège, cette enquête permettra de nettoyer trois générations avant moi, trois générations après. Comme chez les Indiens d'Amérique.

Je ne me sens pas capable d'aider autant de monde.

Elle reprend sur la famille.

— Ils ont réussi à s'enfuir.

Je sais bien que la famille est partie, mais j'ignore tout des conditions réelles, des dangers encourus. Nadine et sa mère Élisabeth ont fui la France et traversé les Pyrénées, à pied, elles ont gagné l'Espagne où elles ont été conduites en résidence forcée. Nadine m'a raconté mille fois des bribes de ce voyage, seul épisode de la guerre où je sens réellement sa souffrance. Elle avait dix-sept ans. Mon père a passé deux mois en prison en Espagne avant de rejoindre le général Leclerc à Cherchell, en Algérie.

Je demande enfin à Nadège par quoi commencer, par où démarrer mes recherches. Elle me recommande de partir de la liste des tableaux impressionnistes déclarés volés entre 1958 et 1974.

Toujours la même énigme, la liste de tableaux réclamés par ma grand-mère, et dont aucun ne semble avoir été volé. Toujours recommencer, réessayer. Je n'abandonnerai pas.

Nous sommes arrivées au bout de la séance, Nadège ne peut pas m'en dire plus. Elle ne voit rien de plus. C'est fini.

## XXIV

# Les carnets d'un collectionneur

Michel Strauss est venu passer quelques jours à Paris pour voir des expositions. Il m'apporte les deux carnets de Jules Strauss qu'il a hérités de Marie-Louise.

L'un est un petit cahier tout simple, en vélin, dont les pages s'abîment, s'effritent. Il est manuscrit et daté de 1931. L'autre est une sorte de petit classeur en vélin aussi, en meilleur état, composé de feuilles tapées à la machine, daté de 1941. Les deux sont signés de Jules.

J'ouvre le premier carnet jauni de Jules, des petits morceaux de papier s'échappent. Rédigé au stylo-plume d'une écriture longue, élancée, plein de boucles, avec des ajouts au crayon dans les marges, ou à l'encre d'une autre couleur, d'autres passages rayés, il est difficile à décrypter.

Je relis le préambule comme s'il contenait un message secret qui m'échappe encore :

*Je me suis appliqué à relater ici tout ce qui m'est connu de mes tableaux en ne passant rien sous silence. Mes observations sont le résultat quelquefois de très longues recherches et contrôlées souvent par des connaisseurs français et étrangers.*

*En matière d'art, il n'y a qu'une chose qui compte : la recherche de la vérité.*

Errare humanum est ! *Mais je plaide la bonne foi.*

*Jules Strauss, janvier 1931.*

À qui Jules destine-t-il ces quelques mots en exergue de son carnet ? Sait-il que ses recherches lui survivront ? Pourquoi cette quête de vérité est-elle importante à ses yeux ?

Oui, quelle vérité cherchais-tu, Jules ? La vérité des œuvres et de leur histoire, de leur origine ? À qui t'adressais-tu ? À ta famille, à la postérité ? Aux collectionneurs futurs ? Savais-tu qu'un jour je regarderais à mon tour ce carnet en quête d'une autre vérité, celle de ton histoire à toi ?

Michel Strauss m'a confié ces carnets pour que je les photocopie avant qu'ils ne tombent en miettes. Ce qui me touche et m'étonne un peu. S'ils avaient été en ma possession, j'aurais hésité à les prêter.

Seule dans les bureaux de mon mari, le soir, je tremble à chaque fois que je pose le manuscrit dans la photocopieuse. J'ai trop peur d'abîmer les carnets. Alors je m'arrête souvent et je lis les notes de Jules.

Il répertorie les tableaux qui sont passés entre ses mains. Pour chaque œuvre, il précise la technique, le format, à qui il l'a acheté, ce qu'il sait de ses anciens propriétaires, des expositions et des livres dans lesquels elle figure. Un vrai travail de collectionneur éclairé, de chercheur de provenance, qui doit permettre d'identifier toutes les œuvres que Jules a acquises et revendues.

Les ajouts successifs, les corrections sont le témoignage du travail quotidien d'un esprit exigeant et curieux qui continua d'apprendre jusqu'à sa mort en juillet 1943.

Plus qu'un carnet de collectionneur, c'est un journal dans lequel Jules consignait chacune de ses découvertes le plus fidèlement possible. Je sais que ce cahier ne le quittait pas, qu'il n'y a pas un jour où il n'y a ajouté un détail, une information. Je l'imagine toujours près de lui, tel le carnet de croquis d'un peintre, ou le petit cahier de l'écrivain qui note ses pensées pour un prochain roman.

Je plonge, émue, dans les pensées d'un esprit qui jamais ne cesse de chercher. Longtemps je n'y ai lu qu'un catalogue d'œuvres ; aujourd'hui je vois l'écriture de plus en plus tremblante d'un homme qui vieillit et craint d'oublier des détails. Je remarque enfin les mentions qui évoquent les drames d'une vie, comme « vendu en 41 », et je me demande quelles histoires se cachent derrière ces mots.

« Acheté avec Roger Sorbac, remboursé, vendu ». L'histoire de la vie d'un collectionneur.

C'est bien plus qu'un catalogue de collectionneur érudit, c'est un journal intime.

Dans la marge à droite, il y a parfois écrit « vendu », plusieurs fois « vendu en 40 », quelquefois « volé », ou les mentions « manque » en rouge, d'une écriture plus grosse et plus large.

À côté d'« un pâtre » de Tiepolo la mention « Manque » au crayon rouge. Si ce n'est pas Jules qui l'a écrit, qui est-ce ? Ma tante Nadine reconnaît l'écriture de Marie-Louise. Après la mort de son mari, alors qu'elle réclamait les tableaux volés, elle a sans doute repris le carnet de Jules pour comprendre ce qui avait disparu. Je tiens là une preuve que le Tiepolo a disparu de la collection de Jules, puisqu'il qu'il « manque ».

À travers ces carnets, Jules a laissé plus que le souvenir d'une collection : une mine d'informations toujours utiles à tous les collectionneurs, un geste de générosité et d'amour de l'art.

Je crois qu'il aurait voulu le partager.

Pourtant, au téléphone, Elizabeth Royer, chercheuse de provenance bénévole, me met en garde.

Nous avons demandé la restitution du dessin de Tiepolo au Louvre. Ils souhaitent consulter les carnets de Jules, mais Elizabeth s'y oppose :

— Ne leur donnez surtout pas les carnets.

— Mais pourquoi ?

— Vous ne savez pas ce qu'ils cherchent.

— Mais quel est le risque de montrer les carnets de mon arrière-grand-père ?

— Vous êtes naïve !

Pourquoi Elizabeth est-elle si méfiante ?

Depuis vingt ans, Elizabeth s'occupe de familles spoliées et les aide à retrouver et réclamer les tableaux volés. Dans le sous-sol de son bel appartement, elle conserve des copies de tous les centres d'archives des spoliations. Elle gère les dossiers d'une centaine de familles spoliées, et de milliers de tableaux volés. Je me suis toujours demandé comment elle trouvait la force de se battre seule contre tous. Elle n'est ni juive ni spoliée, mais elle consacre toute sa vie à ce combat. C'est un personnage très romanesque, plein de mystère et de paradoxes.

Voilà deux ans qu'Andrew Strauss lui a parlé de notre dossier. Elle m'inspire de l'admiration pour son dévouement et sa croisade, de la reconnaissance aussi. Et une légère réserve face à son caractère emporté. Entre nous, une sorte de relation courtoise s'est forgée. J'avance de mon côté, parfois je lui demande conseil. Mais je suis plus que jamais convaincue que c'est mon histoire, ma quête. Je dois reconnaître son savoir-faire et la remercier de son aide mais je ne comprends pas. Contre qui me met-elle en garde ?

Les employés du Louvre. Ils ont lu le livre de souvenirs de mon oncle Michel, et savent que ces carnets existent. Ils me les réclament. Alors que je demande la restitution du dessin de Tiepolo, ils veulent voir l'original du carnet sur lequel figure la mention « Manque », qui permettrait de prouver que le dessin n'était plus dans la collection à la fin de la guerre. Les carnets sont devenus une monnaie d'échange.

Est-il possible que le prestigieux musée qui garde ce dessin depuis plus de soixante-dix ans ne tienne pas à le rendre ? Les recherches qu'ils ont menées sont complètes, et je découvre dans leurs archives qu'ils savent depuis longtemps que Jules était bien le propriétaire du dessin avant-guerre.

Alors peut-être ne cherchent-ils pas à voir le carnet pour rendre le dessin, mais sont-ils aussi en quête d'incohérences, de mentions contradictoires, qui pourraient mettre en doute ma requête ?

Je comprends, à demi-mot, qu'ils préféreraient sans doute garder le dessin.

Comme il m'est pénible de suivre les conseils d'Elizabeth ! Je souffre de ne pas pouvoir montrer les carnets de Jules, de ne pas pouvoir les partager. Je voudrais les éditer, les diffuser, les donner à des bibliothèques d'histoire de l'art, que tout le monde puisse les consulter, que des étudiants les analysent, que les spécialistes de Watteau puissent s'y référer.

Je voudrais pouvoir dire : regardez, lisez donc quel homme et quel collectionneur était Jules Strauss ! Un collectionneur qui aimait les œuvres et leur histoire au point de ne jamais s'arrêter de chercher. Un amoureux de l'art qui pensait que vendre et acheter n'est rien à côté de la connaissance profonde et intime d'une œuvre.

« Un artiste laisse une œuvre et se survit à travers elle. Mais un collectionneur ? Que reste-t-il de Jules Strauss ? » écrivait encore Hélène Demoriane dans le *Connaissance des Arts* de 1961.

Que me reste-t-il de mon arrière-grand-père ? De ce collectionneur érudit, de cet homme passionné toujours en quête de savoir ?

Après des mois d'enquête, au moment d'écrire sur ma famille, je m'inquiète. De quel droit parler de ceux que je n'ai pas connus ? Ai-je trahi la vérité, me suis-je trompée, égarée ? Alors j'ouvre le carnet de Jules et je relis ses mots. « *Errare humanum est !* Mais je plaide la bonne foi. » Encore une fois, Jules me guide.

XXV

# Comme une signature

Deux ans plus tard, pour le premier jour de l'exposition « Léonard de Vinci », il y a foule sous la pyramide. J'ai mis dans ma poche une photocopie de la liste des soixante cadres que mon arrière-grand-père a donnés au musée et que je suis enfin venue voir. Léonard, Titien, Raphaël, Véronèse… Je vais commencer par les plus célèbres.

Au bureau des Amis du musée, tout le monde veut prendre des places pour l'exposition. Sur le mur, je découvre l'affiche de l'exposition. C'est *La Belle Ferronnière*, qui se trouve aussi dans la liste des cadres de Jules. Soixante-dix ans après sa mort, des dizaines de milliers de visiteurs du monde entier vont admirer ce chef-d'œuvre dans un cadre qu'il avait choisi. Et je suis sans doute la seule à le savoir.

Je gardais au fond d'un tiroir la liste des soixante cadres sans m'intéresser au détail, jusqu'à ce qu'un éditeur perspicace me fasse remarquer qu'un cadre ce n'est pas rien, c'est ce qui met en valeur une œuvre, mais c'est aussi une façon de rester présent, d'être là. Tous sont la trace de Jules Strauss au Louvre. C'est une signature, me dit-il. Comme il prononce le mot « signature », je frissonne. Jamais cette idée ne m'avait traversé l'esprit.

J'essaie de me faufiler à travers la foule d'étudiants de tous âges, d'enfants, de touristes. Je pense à Jules qui traversait ces mêmes salles, les jours de fermeture, suivi de l'encadreur, j'imagine Marie-Louise accompagnée de Michel enfant, ils devaient s'y sentir un peu comme chez eux. Aujourd'hui, je ne viens presque jamais, fuyant le bruit et la foule, et je me sens perdue, tout juste capable de suivre la flèche qui conduit jusqu'à *La Joconde*.

Quelques centaines de marches et de visiteurs plus loin, la Grande Galerie et les peintres de la Renaissance italienne : scènes bibliques, Vierge Marie, Vierge et enfant, des motifs religieux du Nouveau Testament... Le premier cadre de la liste est le *Saint Michel terrassant le démon* de Raphaël, du XVI^e^ siècle. Je me souviens de ce motif, peint aussi par Delacroix, parce qu'il symbolise la lutte de l'homme contre lui-même et ses démons.

Sous chaque tableau, il y a un cartel, et je cherche des yeux le nom de Jules Strauss. Il n'est mentionné nulle part. Sur ma liste je lis *La Belle*

*Jardinière, ou La Vierge à l'Enfant avec le petit saint Jean-Baptiste,* mais je ne les trouve pas. Je vais demander à une gardienne, qui m'envoie un peu plus loin sur la droite. Mais je ne vois toujours rien. Alors je retourne la voir et son collègue me montre une pancarte : « Cette œuvre est actuellement en restauration ».

C'est plus fort que moi, j'ai besoin de lui dire :

— Mon arrière-grand-père a donné le cadre de cette œuvre !

Oui, j'ai besoin de le dire, puisque ça n'est écrit nulle part, pour lui, pour moi, pour exister parmi la foule, pour que son souvenir demeure. Bien sûr, ils ne sont guère impressionnés, et je reprends ma recherche. Heureusement, je me suis arrêtée là, je n'ai pas mentionné le nombre de cadres.

Un peu plus loin, dans le couloir à droite, la salle de *La Joconde*, une longue file de gens avec leurs téléphones portables prêts à prendre en photo le tableau le plus célèbre au monde, ou à se prendre en photo avec lui. Le dispositif de sécurité est impressionnant, le tableau est protégé par un épais coffrage en verre blindé et je pense à l'histoire de son vol au début du siècle dernier. Je me demande bien comment on pourrait aujourd'hui voler *La Joconde*.

Non, Jules n'a pas donné le cadre de *La Joconde,* quand même. Mais juste en face, celui du célèbre portrait, que j'aime tant, d'un jeune homme un peu triste et désabusé, à la mise élégante mais défraîchie, l'ombre d'une barbe, comme au lendemain d'une fête. *L'Homme au gant* de Titien m'avait servi de point de départ à un exercice d'écriture sur le monologue intérieur. Bien sûr, je ne savais rien alors de l'histoire de son cadre.

Je cherche le sens de ce geste généreux. Est-ce que Jules choisissait les tableaux qu'il aimait et qu'il voulait mettre en valeur ? Pas seulement parce qu'il était tombé sur un cadre aux bonnes mesures ? Était-ce de la philanthropie pure, puisque son don n'est mentionné nulle part ? Un jeu amusant, sans autre enjeu qu'esthétique ?

Une gardienne de musée m'interpelle.

— Il s'appelait comment, votre grand-père ?

— Jules Strauss.

Elle me regarde dans les yeux.

— Ça alors, mais c'est incroyable !

J'imagine qu'elle va m'apprendre des choses extraordinaires, de nouveaux secrets.

— Jules Strauss, c'est mon grand-père !

Comme je la regarde, interdite, elle insiste.

— Mais oui, c'est aussi mon grand-père !

Puis elle regarde ses deux collègues et éclate de rire.

Je me sens un peu bête, j'ai été bien ridicule de raconter au premier gardien venu que mon aïeul a donné des cadres, de me vanter soixante-dix ans plus tard, sans qu'on ne me demande rien, en citant un nom qui lui est complètement étranger.

Je n'ai jamais connu une telle affluence que pour l'exposition Léonard de Vinci. Impossible d'approcher les œuvres, et je dois me faufiler entre les visiteurs pour regarder de plus près l'immense cadre de plus de deux mètres de haut de *La Vierge aux rochers*. Je ne trouve aucune trace bien sûr des cinquante coupes que Lebrun a dû façonner pour l'ajuster aux dimensions de la toile.

Je me détourne, fatiguée, et je cherche la sortie. Je ne regarderai pas les autres cadres aujourd'hui. Un autre jour, je reviendrai avec mes enfants et j'imaginerai pour eux un jeu de piste : « Cherchez les cadres de votre arrière-arrière-grand-père dans les salles du Louvre. »

Dans un mois, dans un an, dans un siècle peut-être, ses cadres seront encore là. Les toiles qu'ils encadrent resteront les grands chefs-d'œuvre que des millions de personnes continueront d'admirer chaque année, alors même que le nom de Jules Strauss ne sera plus connu de personne. Longtemps, ils seront émerveillés par les portraits de Raphaël et de Titien, par la Vierge de Véronèse, et peut-être, parfois, un amateur un peu érudit ou un étudiant en histoire de l'art s'arrêtera un instant devant le feuillage de bois doré qui entoure le visage de Baldassare Castiglione et se souviendra alors de ce donateur discret qui en 1935 avait voulu « une belle œuvre dans un beau cadre ». Et de savoir mon arrière-grand-père immortel me comble de joie.

En quittant la Grande Galerie, je revois ces photos prises pendant la guerre, des centaines de cadres vides, posés au sol, qui envahissent les couloirs du Louvre. Alors que les toiles sont envoyées loin de Paris pour les mettre en lieu sûr, les protéger, sur l'initiative de Jacques Jaujard, alors directeur du musée. Parmi elles, *La Joconde*, dissimulée dans un château du Sud-Ouest. Les trésors du Louvre, transportés dans le plus grand secret, de nuit, dans des camions, passant parfois difficilement sous les ponts. Pendant l'exode du musée et le sauvetage des chefs-d'œuvre, les cadres de Jules sont sans doute restés là, posés contre les murs avec des milliers d'autres, en attendant des jours meilleurs.

# XXVI

# Juive, moi ?

« Qu'est-ce que c'est, pour toi, être juif ?
Une certaine façon de me faire chier. »
Romain Gary

Il y a dans le film *Annie Hall* une scène que j'adore, filmée en plan fixe dans une rue de Manhattan. On entend, sans le voir, Alvy Singer (Woody Allen) parler à son ami. Puis ils s'approchent progressivement. Alvy raconte, indigné, qu'il a été victime d'antisémitisme : au restaurant, un serveur l'aurait interpellé d'une drôle de manière. Au lieu de lui demander s'il voulait quelque chose « *Do you want some… ?* » Il aurait dit : « *Djew want some… ?* »

C'est une blague intraduisible qui tourne en dérision la paranoïa d'Alvy, jugeant les autres antisémites à la moindre occasion.

Dans mon atelier d'écriture, je montrais cette scène, filmée contre les règles habituelles de mise en scène et de découpage, comme un modèle d'exposition du personnage principal.

Est-ce qu'être juif, c'est être, comme Alvy Singer, obsédé par l'antisémitisme ?

Pourquoi ce double de lui-même, créé par Woody Allen, de juif new-yorkais, hypocondriaque, paranoïaque, plein d'humour et d'autodérision me plaît-il tant ? Pour moi, être juif, cela voulait dire être anxieux, névrosé. Être un anti-héros dont je me sentais proche sans questionner jamais les derniers vestiges d'une identité familiale disparue. Depuis que j'ai commencé ma recherche, tout me ramène à cette question, je ne peux plus ne pas y réfléchir. Comment ne pas m'interroger ?

Henri a tenu à ce que nous allions ensemble en Allemagne rencontrer les directeurs du musée qui gardait un tableau pris à Jules. Nous nous sommes retrouvés face au directeur et au conservateur. Et voilà exactement ce qu'ils nous ont dit : « Peut-être qu'en 1941, votre arrière-grand-père était content de pouvoir vendre son tableau ? » Comme si les lois antijuives n'avaient pas existé.

Cette remarque me ramène à la scène du début de *Monsieur Klein*, où Alain Delon interprète un antiquaire qui fait des affaires pendant la guerre en achetant à des collectionneurs juifs forcés de fuir.

— C'est facile d'acheter à quelqu'un qui est obligé de vendre, dit le collectionneur pourchassé par les nazis.

— Mais je ne suis pas obligé de vous acheter, répond le cynique Klein.

La remarque de l'ancien conservateur dans son article sur Jules, le traitant de « cousin Pons » et insistant sur le fait qu'il n'avait donné des cadres au Louvre que parce que l'opportunité se présentait, me semble bien traduire l'antisémitisme de ce conservateur du Louvre.

Face à ce conservateur, est-ce que je me sens comme Woody Allen dans *Annie Hall* ? Et puis, de toute façon, suis-je juive ?

Je feuillette *Le Cousin Pons* de Balzac pour tenter de comprendre ce qu'il a en commun avec mon arrière-grand-père : « [...] il possédait les trois éléments du succès : les jambes du cerf, le temps des flâneurs et la patience de l'Israélite. » Mais Pons n'est pas juif. Qu'entend Balzac par « patience de l'Israélite » ? Celle de l'usurier qui attend que l'intérêt de son prêt augmente ? Je sais que Jules Strauss aimait Balzac, qu'il lisait et relisait *La Comédie humaine*. Que pensait-il de ces comparaisons ?

Je me rends compte que, sur les traces de Jules, j'ai évité de parler de judaïsme. Je ne savais pas comment aborder des notions qui sont plus que confuses pour moi. Je n'ai que des questions. Je m'en suis sentie éloignée par le temps, l'histoire, la volonté de mes parents, de mes ancêtres, de mettre les mauvais souvenirs à distance.

Michel me raconte que son père André a formulé à sa femme cette dernière volonté pour lui, son fils unique : « *Don't raise him as a Jew.* » C'était en 1939. Était-il conscient de ce qui attendait les juifs ?

Je croyais que la notion même de « juif » ne voulait presque rien dire pour moi. Mais depuis quelques mois, alors que j'ai plongé dans un passé que j'ignorais, je commence enfin à m'interroger, à me demander comment et pourquoi nous avons gommé nos racines. Je sens bien que dans notre identité subsistent malgré tout quelques traces que je m'efforce de déceler, d'identifier, auxquelles jusque-là j'avais refusé de réfléchir, peut-être par loyauté envers mes ancêtres. Que reste-t-il de juif en moi ?

Une forme de curiosité intellectuelle sans laquelle peut-être je ne me serais pas lancée dans cette enquête.

Une inquiétude chevillée au corps. Pour les enfants, le reste de ma famille, l'avenir.

Une angoisse existentielle, des interrogations à n'en plus finir. Une quête de sens doublée d'un profond manque de confiance en moi. Mais cela a-t-il à voir avec le judaïsme ?

Dans ma famille, les choses n'ont jamais été simples. Mes arrière-grands-parents et mes grands-parents paternels étaient juifs. Puis mon père, converti à dix-huit ans, après la rencontre d'un prêtre éclairé, est finalement devenu agnostique, comme Montaigne, son modèle. Il a été enterré dans la tradition catholique.

Dans ma famille paternelle, on raconte l'histoire de ce prêtre qui a converti tout le monde. Mon père lui-même aurait eu une révélation qui l'aurait poussé à se convertir au catholicisme à dix-huit ans, en 1940. Il en va de même pour ses deux cousins germains. Ma mère prétend qu'il ne l'a pas fait par peur des nazis, mais par conviction. Pourtant, mon père, tel que je l'ai connu, n'était pas croyant, contrairement à son cousin Jacques Sorbac, resté un fervent catholique jusqu'à la fin de sa vie.

Moi, je suis catholique, comme ma mère, comme mon mari. Baptisée, j'ai fait ma première communion, ma confirmation et ma profession de foi, je me suis remariée à l'église. Oui, chose étrange, je me suis mariée civilement une première fois avec un juif non religieux, si j'ose dire, mais là encore les choses sont plus complexes. Notre fils Élie n'est ni circoncis ni baptisé.

Divorcée, je me suis mariée à l'église avec Henri, catholique pratiquant. Et nos filles sont baptisées. Henri tient à emmener nos filles tous les dimanches à la messe et j'ai de plus en plus de mal à les suivre. Même pour lui faire plaisir, même si, en me mariant devant un prêtre, j'ai promis d'élever les filles dans la religion.

Voilà que cette enquête sur Jules remet tout en question. Aujourd'hui, je cherche quelles sont mes racines juives, je cherche ce qu'il reste de culture juive en moi. Et au-delà de la culture, quel est mon héritage juif ? Jules Strauss était juif, mais de quelle manière ? Était-il croyant ? D'après ma tante Nadine, ils ne célébraient aucune des fêtes juives en famille. Quand je lui pose la question de son éducation religieuse, elle me raconte toujours la même histoire :

Invitée à une bar mitzvah à douze ans, elle demande un sandwich au jambon au maître d'hôtel.

— Tu te rends compte, on ne se sentait pas juifs du tout, on n'avait aucune idée de ce que ça voulait dire !

C'est une histoire qu'elle raconte mi-amusée, mi-étonnée. Longtemps j'ai cru cette anecdote, et je sais que Nadine s'en est elle-même convaincue. Mais aujourd'hui je pense qu'à douze ans, Nadine sait bien que les juifs ne mangent pas de porc, surtout lorsqu'elle est invitée à une bar mitzvah. Comme dans sa famille on lui a transmis qu'on ne fait pas comme les autres juifs, alors, de manière inconsciente peut-être, par provocation et par loyauté, elle demande du jambon, car elle n'est pas comme les autres. Pour montrer qui elle est. Par fidélité envers les efforts de ses parents et de ses grands-parents pour gommer leur côté juif.

Cette anecdote illustre le paradoxe d'une famille ramenée par la guerre à des racines qu'elle a, pour des raisons qui m'échappent un peu, toujours refusé d'afficher.

Ma cousine Marie-Hélène Sorbac me dit que son oncle déteste « toutes ces histoires de juifs ». Il ne veut pas entendre parler de ses origines juives. Roger Sorbac, le gendre de Jules, ancien combattant décoré, a été déporté dans le premier convoi. Il est mort à Auschwitz. Je comprends alors que son fils, Claude, rejette cette appartenance qui n'a été que malheur dans sa vie. Après la guerre, les Sauerbach ont changé de nom et sont devenus Sorbac.

Que voulait dire être juif pour ces enfants de parents qui ne pratiquaient pas la religion juive ? Que restait-il de la culture et des traditions juives dans leur enfance ? Célébraient-ils certaines fêtes ? Allaient-ils à la synagogue ?

À l'époque de Jules et Marie-Louise, puis de leurs enfants, on se mariait encore à la synagogue, et entre juifs du même milieu de la haute bourgeoisie juive. Leurs trois enfants, Françoise, Élisabeth et André, ont épousé des juifs, Roger Sorbac, Louis Baer, Aline de Gunzburg, à la synagogue de la rue de la Victoire. Mais à la génération suivante, les mariages sont mixtes. Après la guerre, pas un seul petit-fils de Jules et Marie-Louise n'épouse de femme juive. Et ma tante Nadine ne se marie pas. C'en est fini de la transmission de la religion par les femmes.

Parfois, je me demande si la religion juive n'est pas qu'un rappel de mauvais souvenirs. Pas une part de leur richesse culturelle, mais un fardeau, qui ne leur a apporté que des ennuis.

Si j'étais née en 1940, d'une mère catholique et d'un père juif, j'aurais été, selon les lois anti-juives, considérée comme juive.

Une juive qui ne saurait rien de la culture ni de la religion juive. Qui n'aurait jamais célébré shabbat.

Est-ce que Jules célébrait les fêtes juives avec ses parents et ses frères et sœurs à Francfort-sur-le-Main ?

La famille de Marie-Louise, sa femme, née Kahn, était-elle pratiquante ?

Que reste-t-il de juif après des décennies d'assimilation puis de déni de nos origines ? Le « juif imaginaire » ? Être juif, se sentir juif, l'anxiété juive, l'humour juif, le verbe juif. Oui, tous ces éléments me sont familiers, mais je n'ai pas assez de clairvoyance, j'ai encore du mal à mettre le doigt sur ce qu'ils signifient pour moi.

J'entends parler de familles assimilées mais

je ne sais pas ce que ça veut dire exactement. Assimilées à quoi, à qui ? Aux non-juifs ? Aux catholiques, aux laïcs ?

J'essaie d'imaginer ma famille très assimilée, non croyante, non pratiquante face à la montée de l'antisémitisme et des lois antijuives. Savent-ils que, bien que ne se sentant pas juifs, ils le sont néanmoins pour les nazis ? Est-ce que Roger Sorbac n'est pas la représentation même d'une forme d'inconscience face au danger ? Cet officier qui s'est distingué pendant la guerre de 14-18, est allé au-devant du danger, se croyant protégé par ses médailles de guerre, un demi-siècle après l'affaire Dreyfus.

Nadine m'a montré un certificat de baptême de Jules et de Marie-Louise. Elle ne savait pas qu'elle l'avait au fond d'un tiroir et avait complètement oublié que ses grands-parents avaient été baptisés en 1942, comme c'était souvent le cas dans la bourgeoisie juive parisienne sous l'Occupation, tentative malheureusement vaine d'échapper aux persécutions.

Mon ex-mari cherche lui aussi ses racines juives, à sa manière. Un matin de septembre 2018, il m'envoie un e-mail, il a fait un test ADN sur Internet. Pour cent dollars, par analyse de salive, on vous dit quel est votre ADN. Il y a écrit « *48 % ashkenazi Jewish* ». Puis anglais, espagnol, etc. Mais le fait d'être juif est-il dans l'ADN ? Ce n'est pas une nationalité, que je sache !

Tous ces éléments disparates forgent-ils une identité ? Toujours à la recherche de ce qu'il reste de juif en moi, je décide de demander l'avis de mon amie d'enfance, dont l'histoire familiale est proche de la mienne. J'interroge Agathe David-Weill, issue d'une grande famille de banquiers, de collectionneurs d'art juifs alsaciens et dont la mère est catholique. Est-ce qu'elle se sent juive ?

— Je ne me sens pas du tout juive, sauf quand il s'agit de penser à la guerre, et là je me rends bien compte que j'aurais été mise dans la catégorie juive. La question de la guerre est intéressante, car mon père s'est converti à ce moment et son père plus tard. Eux insistent sur le fait que c'était par conviction, mais ça me paraît un peu bizarre. Mon père a une vraie culture juive avec les blagues, les mots, mais pas du tout la religion. Sa grande blague est qu'on lui souhaite bonne année pour la nouvelle année juive et qu'il croit que les gens sont fous. Je crois que toute sa famille avait fait tout ce qu'elle pouvait pour être assimilée, pour gommer au maximum sa différence. C'est un drôle de mélange entre fierté et ignorance complète.

Je ne trouve pas la blague de son père très drôle, elle me rappelle la provocation de Nadine et son sandwich au jambon.

Alors, quelques jours plus tard, quand Élie

rentre de chez son grand-père paternel où il a fêté le nouvel an juif, Roch Hachana, je suis fière de lui souhaiter, pour la première fois de ma vie, « Bonne année ! » Je n'ose pas dire Shana Tova.

À cet instant-là, je me sens réconciliée.

Mon frère aîné Julien est allé à vingt ans sur les traces des Baer en Alsace. Il y a découvert l'existence de notre aïeul rabbin, Lazare Lazarius. Aujourd'hui, il m'envoie ses citations préférées de Rabbi Nahman : « Le désespoir n'existe pas dans le monde ! Du tout » ; « C'est une grande *mitzva* que d'être toujours joyeux ». La *mitzva* est une obligation morale.

Et cette phrase enfin qui me guide : « Ne demande jamais ton chemin à quelqu'un qui le connaît, car tu pourrais ne pas t'égarer. »

Alors que j'écris ce chapitre et que je tente de comprendre si je me sens juive ou pas, je tombe sur une affichette chez l'épicier, à quelques mètres de chez moi. Le film *Au revoir, les enfants* de Louis Malle sera projeté ce soir en plein air au Mont-Valérien, là où plus d'un millier de résistants ont été exécutés pendant la guerre. Tout me revient subitement : mon père joue dans ce film une petite scène, assez mémorable. Une scène que j'ai vue pour la première fois quand le film est sorti, j'avais quatorze ans, l'âge des deux personnages principaux. Pendant l'Occupation, dans un petit restaurant de province, le héros déjeune avec son grand frère, sa mère et son copain juif. Ce dernier est caché sous un faux nom dans son lycée. Ils sont assis ensemble quand un événement vient perturber leur déjeuner. Un vieux monsieur élégant, un professeur je crois, attablé seul, est inquiété par des miliciens. Il doit montrer ses papiers. C'est mon père, qui n'est pas acteur, qui joue pour la première fois à soixante ans. Je me rappelle le regard triste et digne de mon père forcé de se lever. Dans le restaurant, quelqu'un proteste mais personne ne s'oppose, et mon père doit sortir. Je ressens encore le sentiment d'humiliation que je lis sur son visage.

Je me souviens qu'après le tournage, mon père nous racontait qu'il avait dû recommencer des dizaines de fois et rallumer sa cigarette pour chaque prise. Et il était assez fier d'avoir fait modifier sa ligne de dialogue : « Le lapin chasseur était correct » ne lui semblait pas juste, et il l'avait modifiée pour « Le lapin chasseur était acceptable ». Il était très important pour lui d'utiliser toujours le mot le plus juste. Celui qui convenait le mieux au bon usage de la langue française, qu'il vénérait. Mais du personnage qu'il interprétait, de ce que cette scène éveillait peut-être en lui, des souvenirs qu'elle lui rappelait sans doute, mon père n'a dit mot.

Il jouait un homme âgé juif, dans une scène qui était peut-être arrivée à son propre grand-père. Pensait-il à Jules alors ? Mon père, qui n'avait pas été élevé dans la religion juive, converti à dix-huit ans, avait quand même subi les mesures antisémites. Ironie de l'Histoire, il jouait un professeur, lui qui, admissible à l'École normale supérieure au début de la guerre, n'avait pu poursuivre ses études ni enseigner comme il le souhaitait.

Alors qu'il avait fui la France, échappé aux déportations, et était finalement devenu agnostique, il se retrouvait, à soixante ans, dans la peau d'un vieil homme juif.

Cet homme, c'était tout à la fois vraiment lui mais aussi son grand-père.

Échappe-t-on tout à fait à ses racines ?

Mon père est tellement lui-même dans ce film, si proche de ce dont je me souviens. Inquiet et digne, tendre et pudique. Et quand je pense à mon père, c'est en fait une image de ce film que je revois. Un gros plan sur son visage de profil. Les cheveux blancs avec des reflets roux plaqués en arrière. Un grand nez busqué, une fine moustache blanche près de la lèvre supérieure, à la Clark Gable. Cette façon de mettre sa main près de sa bouche avec un sourire de politesse, en baissant les yeux.

En regardant les photos de tournage, je trouve à mon père un air inquiet et triste qui ne relève pas du rôle qu'il interprète. C'est le visage d'un homme en train de jouer une histoire qu'il connaît trop bien.

Louis Malle aurait pu prendre un acteur pour le rôle, mais il avait choisi mon père, qu'il connaissait depuis toujours.

*Au revoir, les enfants* raconte un épisode de l'enfance de Louis Malle et cette scène est sans doute autobiographique. Mais elle l'est peut-être aussi pour mon père, le replongeant dans un passé dont il ne parlait jamais.

À cet instant, alors qu'il tournait cette scène, mon père se sentait-il juif ? Il ne jouait pas, il était vraiment le vieux juif chassé de ce restaurant.

Je continue mes recherches et je poursuis ma famille de mes questions. Ma cousine Marie-Hélène m'envoie alors un document. C'est le testament de Jules :

> *Aujourd'hui le 14 avril 1942, sain de corps et d'esprit, je demande à être enterré civilement avec la plus grande simplicité et dans la plus grande intimité. Je désire être incinéré et mes cendres jetées dans la fosse commune.*
>
> *Jules Strauss*

Je l'appelle, je ne comprends pas cette volonté. Pourquoi vouloir que ses cendres soient dispersées ? Nous parlons longuement avec Marie-Hélène, nous ressentons la même peine, la tristesse, le désespoir de notre arrière-grand-père qui écrit ces lignes un an avant sa mort.

Nous n'osons pas interpréter. De quel droit nous mettre à la place de Jules ?

Quel symbole se cache derrière cette demande ? Si Jules n'a pas voulu être enterré dans une religion qui n'était pas la sienne, pourquoi cette précision sur ses cendres ?

Marie-Hélène pense que cette dernière volonté est liée au sort des juifs d'Europe massacrés. Des images de fours crématoires, de cadavres jetés dans des fosses, entassés, des images effroyables resurgissent alors. Toutes ces questions que je n'ai pas posées… Je sais que la famille était dispersée pendant la guerre, les petits-enfants tous engagés, Jules et Marie-Louise restés seuls à Paris.

Alors, qui était à l'enterrement de Jules en juillet 1943 ? Ses dernières volontés ont-elles été respectées ? Cette fois, je n'en parlerai pas à Nadine.

XXVII

# Rendez-vous au ministère de la Culture

*Mars 2017.* Il fait beaucoup trop chaud pour un jour de mars, et le déjeuner avec mon ami Denis dans les jardins du Palais-Royal ne m'a pas détendue comme je l'espérais. Je n'ai pas réussi à parler d'autre chose que de mes inquiétudes et de mon impatience alors que j'espère la restitution du dessin volé à Jules. Je mesure les enjeux de ce rendez-vous au ministère de la Culture, qui m'inquiète plus qu'il ne m'honore.

En bas des escaliers du ministère, je m'arrête un instant, saisie par une émotion désagréable, la peur de me laisser impressionner par cette invitation officielle. La fierté, le sentiment de reconnaissance vont-ils me faire oublier l'indignation qui m'amène ici ? Aurai-je alors le courage de m'exprimer et de défendre mes convictions ?

Une jeune femme nous guide à travers les couloirs et nous installe dans une salle luxueuse, aux murs lambrissés de bois. Intimidée, je m'approche de la fenêtre pour admirer la vue sur les jardins. Je pense à Colette, à Cocteau, qui ont vécu là. Quelles étaient leurs fenêtres ? Ils se souciaient sans doute bien peu, eux, des biens spoliés.

Le ministère de la Culture a organisé une rencontre entre la directrice de cabinet de la ministre et les signataires, dont je fais partie, d'une lettre réclamant la création d'une cellule de recherche et de restitution des MNR (Musées nationaux Récupération). Ce sont les œuvres d'art récupérées après la guerre et conservées par les musées de France à titre de dépôt en attendant de les rendre aux familles. Sur les deux mille œuvres rapportées d'Allemagne après la guerre, il en reste encore mille deux cents en dépôt dans les musées français. Dépôt qui n'en finit pas de se prolonger.

À force d'hésitations, je suis la dernière à m'asseoir autour de la table rectangulaire. Je comprends vite que je me suis assise du mauvais côté, celui des employés du ministère. Tous les signataires, sauf moi, sont assis en face ! Paniquée, j'essaie discrètement de bouger ma chaise pour me mettre sur le côté et regarder en face la directrice de cabinet. Je ne peux pas bouger davantage. Je ne suis ni d'un côté ni de l'autre, juste sur le côté.

Pourquoi je ne me sens pas à ma place ? Je n'ai aucune raison de ne pas l'être. Je suis une « ayant droit », je me bats pour récupérer le dessin de Jules, injustement gardé par le Louvre. J'ai quelque chose à dire. Voilà ce que je me répète en regardant le fonctionnaire qui, à ma gauche, ne quitte pas son portable des yeux et passera toute sa réunion à envoyer des messages.

La réunion commence par de longues précautions oratoires pour décider de quoi nous allons parler et comment. Je crois que nous passons une demi-heure à « tourner autour du pot ». Nous sommes là car nous avons écrit une lettre réclamant la création d'un groupe de travail et de restitution des MNR.

Chacun prend la parole. Une avocate très à l'aise, sourire figé, s'exprime bien et clairement, mais je ne retiens pas un mot de ce qu'elle dit. Emmanuelle Polack, étrangement posée et calme, parle de la nécessité de mieux former les futurs conservateurs de musées aux questions de spoliation. Quelques questions sont soulevées : faut-il retirer les MNR des musées ? Faut-il les mettre au musée d'art et d'histoire du Judaïsme ? Est-ce du communautarisme ?

Est-ce la chaleur ou les ors de la République, une forme de mollesse nous gagne. Quand parlera-t-on de la seule chose qui compte vraiment : comment parvenir à rendre enfin ces mille deux cents œuvres à leurs propriétaires ? Il faut être efficace. C'est une obligation morale. Lorsque quelqu'un mentionne des chiffres à l'autre bout de la table, je m'entends crier malgré moi : « 5 % de MNR rendus en soixante-quinze ans ! »

Le directeur de la CIVS, la Commission pour l'indemnisation des victimes de spoliation, s'est assis juste en face de la directrice de cabinet pour mieux marquer son influence. Cet homme de soixante ans, plein d'assurance et de superbe, ne m'inspire pas entièrement confiance. Comment le croire, lui qui a permis si peu de restitutions ? Combien ? Moins de vingt en vingt ans.

À l'écouter, son organisation est énorme et toute-puissante, avec des branches en Allemagne. Alors pourquoi si peu de résultats ? C'est sans doute pour cette raison que je n'arrive pas à remplir les formulaires de demande d'indemnisation pour ma propre famille. Je pense aussi aux démarches restées vaines de ma grand-mère, et je choisis de garder ce dossier entre mes mains, de chercher moi-même.

La descendante d'un grand collectionneur d'art souligne l'importance de croiser les archives des familles. J'ai le sentiment que chacun cherche à se placer dans une hypothétique future organisation. Et moi, je voudrais être nommée porte-parole des familles, mais suis-je légitime ? Saurai-je les écouter, les conseiller, les aider ?

N'est-ce pas dérisoire de penser à ça, alors qu'il s'agit de rendre enfin justice à ces familles ? Je me sens mesquine et je ne sais plus comment intervenir. Pourquoi n'ai-je rien préparé ? Le fait d'être descendante d'un spolié me confère-t-il tous les droits ? Même celui de prendre la parole sans plan ? Je n'entends plus personne, je cherche désespérément quelque chose d'intelligent à dire. Je panique, encore une fois la peur de ne pas être à la hauteur. Mais cela je le dois à ma famille restée sans voix pendant des décennies.

Alors je lève la main, et je raconte. Lorsque je l'ai découverte sur le site des MNR du ministère de la Culture, la fiche sur le dessin de Tiepolo appartenant à Jules était très complète et mentionnait bien le nom de M. Strauss.

En cas de doute sur le propriétaire, il suffisait d'aller vérifier le procès-verbal de la vente aux enchères pour voir que l'acheteur de ce dessin en 1928 était bien « Jules Strauss, demeurant 60, avenue du Bois » (devenue avenue Foch). En tapant sur Google « Strauss », on tombe immédiatement sur Michel, qui cite son grand-père Jules. Il était facile de retrouver Michel Strauss et de lui parler de ce dessin conservé au Louvre. Mais personne ne l'a fait.

Je mentionne aussi le pastel de Labille-Guiard pris par les nazis à la famille Gunzburg, au grand-père maternel de Michel Strauss. Sur le site du ministère de la Culture, il est clair que ce pastel a bien été volé au grand-père de Michel, Pierre de Gunzburg, alors pourquoi ne le rend-on pas à Michel et ses cousins ?

Peut-être y a-t-il d'autres MNR qui pourraient être rendus ? Le ministère de la Culture n'a-t-il pas les moyens de s'autosaisir des dossiers, c'est-à-dire de rechercher les descendants des propriétaires une fois que ces derniers ont été identifiés ?

Plusieurs visages bienveillants se tournent vers moi. La directrice de cabinet acquiesce rapidement. C'est déjà l'heure de la conclusion. Admirable de savoir-faire. Elle a l'art de parler très longuement, avec beaucoup de périphrases, se ménageant toutes les sorties possibles, sans froisser personne, et surtout elle sait donner de l'espoir sans trop s'engager.

Je me laisse prendre et, après dix minutes d'une habile rhétorique, je suis convaincue que le ministère va agir. Créer une cellule ou bien permettre au CIVS d'en créer une. Enthousiaste, je me lève pour aller remercier chaleureusement la directrice de cabinet.

Le soleil brille sur la pyramide du Louvre, et je pense au nom de Jules gravé sur le mur des donateurs pendant que le dessin de Tiepolo dormait dans les réserves du musée. Je me souviens des lettres de remerciements de Germain Bazin, conservateur des peintures au Louvre, pour les soixante cadres que Jules a donnés. À la lettre de condoléances qu'il lui a envoyée à la mort de son fils André en 1939 ; et à la réponse de Jules : « Il faut s'incliner. »

Je revois celui qui, pour m'expliquer pourquoi il n'avait pas essayé de nous rendre le dessin, m'a dit : « Il y avait beaucoup de Strauss à l'époque, comment savoir de qui il s'agissait ? » Ingratitude, injustice.

Sur le pont du Carrousel, le soleil baisse et la chaleur tombe enfin. Mon optimisme a disparu. Qu'a vraiment dit cette femme tout à l'heure au ministère ? Près de soixante-quinze ans ont passé, faut-il encore y croire ? Le ministère va peut-être me rendre le dessin de Jules, mais les autres familles auront-elles cette chance ?

# XXVIII

# Restitution

*« Or pour moi, la restitution des biens spoliés aux israélites est une œuvre de justice et d'humanité dont la signification morale et politique dépasse de beaucoup les valeurs matérielles en cause. Elle doit être, aux yeux de la France et du monde, une des grandes manifestations tangibles du rétablissement du droit et de la légalité républicaine », Professeur Terroine, administrateur-séquestre du Commissariat aux affaires juives de Lyon, le 29 décembre 1944.*

*Avril 2017.* Plus d'un an après qu'il est apparu sur l'écran de mon ordinateur, le dessin de Tiepolo va enfin être restitué aux descendants de Jules Strauss par la ministre de la Culture.

J'ai mis une belle robe, je me suis bouclé les cheveux et mon cœur bat la chamade. Je préfère marcher seule jusqu'au ministère de la Culture, en passant par le pont des Arts. Comment me préparer à un tel événement ? Mon discours sera-t-il à la hauteur ? Comment les Indiens honorent-ils leurs ancêtres ? Je préférerais danser, chanter, plutôt que de devoir parler. J'ai peur que les mots choisis ne soient pas les bons.

Pourquoi parler, moi, alors que les petits-enfants de Jules, qui l'ont connu, seront là ? Ce qui m'impressionne le plus, c'est de les voir, pour la première fois depuis si longtemps, réunis. L'ont-ils jamais été ? Ils ont entre quatre-vingts et quatre-vingt-dix ans, et c'est peut-être la dernière fois qu'ils se verront.

C'est le souvenir de Jules qui nous rassemble. L'amour des ancêtres a ce pouvoir étrange et merveilleux de réunir des gens qui n'ont plus rien d'autre en commun.

Mon père est mort il y a plus de vingt ans mais je ne pense qu'à lui. Est-ce pour lui, en souvenir de ses silences, de ses moments d'absence, que je me suis lancée dans cette aventure ? Serait-il heureux, serait-il fier aujourd'hui ?

Devant le ministère, Nadine vacille un peu sur sa canne. Comment va-t-elle réussir à traverser les grands salons ? La bonne humeur d'Emmanuelle Polack juste derrière elle me redonne du courage. Henri arrive à vélo, avec nos deux filles qui ont mis leurs plus belles robes pour cette grande fête de famille. Je souris, l'heure n'est plus aux doutes, il est temps de célébrer.

Je prends Nadine par le bras, je voudrais

qu'elle soit la première à entrer dans la salle. Elle marche péniblement à travers les luxueux salons, et je m'inquiète de l'absence de chaises pour les plus âgés.

Je pense à la visite qu'Henri et moi avons rendue à Nadine pour lui demander qui avait annoté « Manque » dans la marge du carnet de Jules. Comme Nadine écrit maintenant difficilement, Henri a rédigé pour elle : « J'atteste que la mention "Manque" est bien de la main de ma grand-mère Marie-Louise Strauss. » Et Nadine a signé de son écriture un peu tremblante. Sans elle, nous n'aurions pas pu récupérer ce dessin.

Un ami réalisateur est déjà là et nous filme alors que Nadine s'approche du dessin de Tiepolo. Elle dit qu'elle ne le trouve pas terrible, ce dessin, un peu petit, trop jaune. Mais elle s'arrête longuement, sans un mot, devant le portrait de Jules qui a été agrandi pour l'occasion.

Jules et son berger ont été placés côte à côte. La pudeur et la grâce, la modestie, la finesse des traits de l'un comme de l'autre se dévoilent à moi peu à peu. On est émues toutes les deux, mais on ne dit rien.

Dans ma tête, deux voix s'opposent. L'une me dit que c'est dérisoire. « Crois-tu que tout ça a un sens, soixante-quinze ans après la mort de Jules ? Pour qui te prends-tu ? Tu ne crois pas qu'il y a d'autres moyens de te rendre utile ? »

L'autre voix tempère, parle de justice, de réparation, d'hommage…

Mais, tout au fond de moi, toujours cette question qui me tracasse, qui m'a rendu l'écriture du discours si difficile : Pourquoi est-ce que je fais tout ça ?

La salle se remplit progressivement, des petits-cousins que je n'avais jamais vus, des conservateurs qui ne sont sans doute pas très heureux de rendre ce dessin et qui ne me saluent pas, des archivistes qui m'ont aidée dans mes recherches et qui me remercient de les avoir invités. Je guette mes oncles. Michel Strauss est venu de Londres avec sa femme. Claude m'a écrit qu'il se sent trop vieux, mais je crois que ce qui le ramène à cette époque, à l'arrestation de son père, lui est insupportable. Son frère Jacques est venu avec ses filles.

Tous me posent des questions. Parfois simplement curieuses : « Il y a encore beaucoup de tableaux spoliés à récupérer ? », « Comment as-tu découvert tout ça ? »

On m'a recommandé de ne pas tout dire aux conservateurs : « Et le dessin, l'avez-vous fait expertiser ? Qu'allez-vous en faire ? Vous allez le vendre ? »

Souvent les conservateurs reprochent aux familles juives de vendre les œuvres, de ne songer qu'à l'argent, ultime regain antisémite, mais comment faire quand de nombreux descendants deviennent propriétaires d'une œuvre ?

J'affronte aussi les questions suspicieuses, comme celles d'un cousin qui s'approche de moi avec un air fâché : « Comment se fait-il que je n'aie jamais entendu parler de ces histoires de spoliation ? »

Je ne sais que répondre. Heureusement, la ministre de la Culture, Audrey Azoulay, prend la parole. À la croisée des époques et des générations, jamais situation ne m'a semblé plus étrange, j'ai le plus grand mal à me concentrer. Certains mots pourtant me frappent en plein cœur. Après avoir rendu hommage à Jules Strauss : « Amateur éclairé, savant, il était l'interlocuteur des historiens de l'art, des conservateurs, des collectionneurs dans toute l'Europe... », elle retrace sa vie : « Mais son amour de l'art, sa générosité et son érudition se sont heurtés à la mécanique inhumaine du nazisme. »

Audrey Azoulay souligne ensuite « l'absurde de la situation, sans propriétaire connu, dans ce musée pour lequel Jules Strauss avait été un grand bienfaiteur, un musée qu'il connaissait très bien et qui était connu de lui, parce qu'il lui avait donné plusieurs œuvres et qu'il était un membre éminent de la Société des Amis du Louvre ».

Je n'aurais jamais imaginé qu'elle rendrait aussi hommage au reste de la famille : « Jules

Strauss connut la fuite, la persécution, l'étoile jaune, l'arrestation de l'un de ses gendres, Roger Sorbac – le père de Claude et Jacques Sorbac –, qui fit partie du premier convoi de déportés, en mars 1942, et qui fut assassiné à Auschwitz. C'est dans ces conditions que Jules Strauss mourut, à quatre-vingt-deux ans, dans ce suicide européen. »

« Ses petits-enfants n'avaient pas vingt ans à l'époque : Claude Sorbac, engagé dans la 2e DB, de Normandie jusqu'en Allemagne ; Jacques Sorbac, dans les commandos de France d'Henri d'Astier de La Vigerie ; Nadine Baer, interprète parmi les Volontaires féminines des Forces françaises libres ; et Philippe Baer, aujourd'hui disparu, également engagé dans la Division Leclerc. Quelle leçon ! »

Je ne m'étais pas préparée à voir surgir la figure de mon père ici. J'en ai le souffle coupé. Je n'ose pas me tourner vers ma mère, vers Édouard. Je regarde mon fils Élie, qui n'a pas connu son grand-père. Et je pense : Et moi, qu'ai-je fait de mes vingt ans ?

Enfin elle s'adresse directement à la famille : « Vous tous qui êtes là, vous avez connu Jules et Marie-Louise Strauss, vous avez connu pour certains l'avenue Foch, la passion pour l'art, et vous faites le lien entre cette époque et aujourd'hui, cette rue de Valois, cette restitution, plus de sept décennies plus tard. Votre famille a conservé ce lien avec l'art, chacun à votre façon, et pour les arrière-petits-enfants aussi, sur les traces de Jules Strauss, fidèles à cette tradition remarquable, malgré cette histoire et peut-être à cause de cette histoire. »

Je me rappelle alors cette phrase d'Hélène Demoriane dans le *Connaissance des Arts* de 1961 : « Que reste-t-il de Jules Strauss ? », et je me sens heureuse.

Avril 2017, le même magazine « se souvient » et publie ce chapeau : « Le ministre de la Culture et de la Communication, Audrey Azoulay, a restitué le 13 avril un dessin attribué au peintre et graveur italien Giovanni Battista Tiepolo aux ayants droit de ses propriétaires, le banquier Jules Strauss et sa femme Marie-Louise. Ceux-ci en avaient été spoliés entre 1941 et 1942 par les nazis. »

Après les discours, nous prenons des photos de groupe, photos de famille improbables et rares.

Une belle femme s'approche de moi. C'est une grande historienne de l'art, auteur d'un fameux livre sur l'art spolié. Elle me dit :

— Le travail de l'historien, c'est une réclamation d'amour.

Je voudrais garder un peu le Tiepolo chez moi, mais Andrew veut le déposer dans un coffre chez Sotheby's, c'est plus prudent. Je n'ose pas insister mais j'aurais aimé passer plus de temps avec le berger de Jules.

J'ai beaucoup réfléchi à ce que j'allais dire ce jour-là, et puis il m'est apparu que je devais être le plus sincère possible ; avouer, même si c'est naïf, que cette enquête est la chose la plus intéressante, la plus importante que j'aie faite de ma vie. Je lève les yeux et je croise le regard ému d'Henri, celui d'Édouard me touche, comme pris au dépourvu par ses émotions.

Je me tourne vers Nadine, Michel, Jacques… À quoi pensent-ils ?

La cérémonie est finie et je songe, enfin sereine : voilà, tout est bien, j'ai réussi. Après ça, je serai sûre de moi, je dois me souvenir, ne plus douter. Et je plonge dans cette félicité.

En quittant la famille, le ministère, Tiepolo, il me vient soudain une pensée sombre : comme mon frère Julien n'est pas venu, cette histoire perd un peu de son sens. À chaque étape de mes recherches je lui parlais, lui faisais part du moindre détail, de toutes mes hésitations. Il m'encourageait, me soutenait, blaguait. Et surtout il me répète chaque jour :

— Ce n'est pas pour la famille que tu fais tout ça, fais-le pour toi-même. N'attends pas de reconnaissance ni d'assentiment de personne.

Mais il n'est pas là aujourd'hui. J'ai retrouvé un dessin dont personne ne savait même qu'il existait, mais je n'ai pas le pouvoir de réconcilier ceux que j'aime, ni de les rendre heureux.

## XXIX

# Le mal du pays

Plus de deux ans après la rencontre d'Andrew dans un concert brésilien, me voilà dans le pays natal de Caetano Veloso. Sur la plage de Medeiros, ce matin, j'ai appris la mort de l'autre père de la bossa-nova, João Gilberto, auteur de *Chega De Saudade*, « Marre de la nostalgie ». Moi aussi, je tiens un sacré vague à l'âme, sans bien comprendre pourquoi. Pendant qu'Henri et les enfants s'amusent dans les vagues, je me cache derrière le petit restaurant, pour appeler Nadine, qui passe le mois d'août seule à Paris. Depuis la restitution, elle ne peut plus bouger, fracture du bassin. Ai-je bien fait de remuer ses souvenirs ?

Je cherche un petit coin d'ombre sous les arbres, contre la falaise bordée de palmiers et de grands arbres tortueux dont je ne connais pas les noms. Je voudrais essayer d'entendre la voix de mon arrière-grand-père. Assise en tailleur dans le sable, je guette sa présence dans le silence de la plage. Est-il temps de le laisser en paix, de passer à autre chose ?

— Mais je n'ai pas fini mon livre ! ai-je envie de protester.

— Et alors, tu peux écrire sur le passé sans vivre dans le passé, n'est-ce pas ?

Je n'en suis pas sûre.

— Comment te connaître sans me rapprocher de toi ?

— C'est une illusion, tu ne peux pas ressentir ni savoir qui j'étais.

Dans le hamac de l'hôtel, face à la falaise qui surplombe la mer, je m'inquiète encore. Ne suis-je pas en train de gâcher les vacances de tout le monde ? Je ne surfe pas, je ne joue pas beaucoup avec mes filles. Je les tartine de crème, m'inquiète du soleil de midi, de l'heure des repas, des vagues trop hautes. Mais ça ne fait pas de moi une bonne mère, je le sais bien. Je ne suis pas vraiment là. À sept mille kilomètres des archives de la spoliation, j'ai le mal du pays.

Parfois, je sors de l'ombre de mon parasol pour aller saluer les autres Français de l'hôtel. Carole, en vacances avec ses deux enfants, lit le roman d'Olivier Guez sur la fuite de Josef Mengele, officier SS, le médecin exterminateur, « l'ange de la mort d'Auschwitz », qui a échappé à la justice et s'est enfui en Argentine puis au Brésil, où il est mort en 1979. Nous parlons de son fils. Aurait-il dû dénoncer son père lorsqu'il a appris qu'il vivait au Brésil sous une fausse identité ? Il a dit que son père ne regrettait pas ses actes. Défendre ses ancêtres coûte que coûte ? Son fils n'a vu que deux fois son propre père dans sa vie, et il a changé de nom de famille. Aurait-il dû le faire arrêter ? Au journaliste qui lui demande pourquoi il n'a pas alerté la police : « Je ne pouvais pas, dit Rolf. C'était un monstre, mais c'était mon père. » Je me demande si les maisons sur la falaise abritent encore de vieux nazis en cavale.

J'essaie de lire une autre quête de racines, algériennes cette fois, *L'Art de perdre* d'Alice Zeniter, à laquelle je n'arrive pas à m'intéresser, trop imprégnée peut-être de ma propre enquête, à mille lieues de l'Algérie. Je n'arrive pas à voir de points communs, si ce n'est peut-être le silence des générations qui suivent. Et la difficulté de replonger dans une histoire qui n'a été transmise qu'en creux.

« Quand on en est réduit à chercher sur Wikipédia des renseignements sur un pays dont on est censé être originaire, c'est peut-être qu'il y a un problème », écrit Alice Zeniter.

J'ai réussi à retrouver les lieux, les dates et je connais les noms, mais est-ce que j'en sais davantage ?

Brûlée par le soleil, je remonte dans ma

chambre écouter Elizabeth Royer à la radio. Il est question de créer enfin une commission pour rendre les mille deux cents MNR, qui, comme c'était le cas du Tiepolo, dorment encore dans les musées français. Mais Elizabeth est dubitative, « encore une commission ». Le choix de la phrase de Modiano (*Dora Bruder*), que l'auteur de la commission a mise en exergue de son rapport, la rend méfiante. *« Des traces subsistent dans des registres et l'on ignore où ils sont cachés et quels gardiens veillent sur eux et si ces gardiens consentiront à vous les montrer. Ou peut-être ont-ils oublié tout simplement que ces registres existaient. Il suffira d'un peu de patience. »* Comment demander encore aux familles de la patience après plus de soixante-dix ans ?

J'y crois encore un peu et je voudrais assister d'autres familles. Mais je ne suis pas sûre que j'aie aidé Nadine en remuant une histoire qu'elle avait préféré oublier pour ne garder que les souvenirs les plus joyeux de son enfance.

Un soir, nous regardons tous ensemble le dessin animé *Coco*, les filles, Henri et moi, bien serrés les uns contre les autres sur notre lit, dans notre petit bungalow brésilien. Ça se passe au Mexique, lors du Dia de los Muertos, notre Toussaint, les familles dressent un petit autel en l'honneur de leurs ancêtres. Si l'on ne met pas de photos, si l'on oublie ses morts, alors ils disparaissent complètement, du monde des morts aussi, sorte de double disparition. Dans une scène qui fait pleurer toute la famille, le petit garçon fredonne à l'oreille de sa grand-mère Coco la chanson que son père lui chantait à elle, enfant. Coco, c'est aussi le petit nom que je donne à ma fille. La presque centenaire du dessin animé recouvre alors la mémoire, et entonne à son tour cette chanson qui commence par « Ne m'oublie pas ». Elle n'a pas oublié son père, il continuera donc d'exister dans le monde des morts. Elle replace sa photo sur l'autel, il pourra revenir la voir une fois par an, pour le Dia de los Muertos.

Si seulement ces deux mondes pouvaient ainsi coexister, si nos ancêtres étaient aussi proches de nous que dans ce dessin animé pour enfants, comme j'aimerais pouvoir les célébrer.

## XXX

## « Quand vous fermerez les yeux »

La cruelle litote de l'agent immobilier me laisse sans voix. Face à Nadine, qui n'a pas d'autre choix que de vendre son appartement, l'agent spécialiste du viager a prononcé ces mots soigneusement choisis. Ils évoquent une perspective qui me terrifie, mais je ne peux m'empêcher de sourire en imaginant les longues réunions de formation des agents immobiliers sur le thème « comment parler de sa fin prochaine à une personne âgée ». Si seulement je pouvais aider Nadine, lui éviter de céder son appartement et de devoir spéculer sur sa disparition.

Hier soir, Henri m'a demandé pourquoi il m'était si difficile de vendre l'appartement de ma tante, celui de ma famille, dont la moitié appartenait à mon père qui nous l'a légué à mes frères et moi. Brusquement bouleversée, je me suis mise à pleurer quand il a parlé du sentiment d'être privée d'un héritage. Un héritage matériel, mais aussi symbolique. Parce que c'est tout ce qu'il me reste de mon père.

C'est ce sentiment, que j'ai du mal à décrire, celui d'une transmission qui n'a pas pu avoir lieu. Henri parle de spoliation mais je trouve que le mot est trop fort. Car je pense à Jules et aux nazis.

Non, cette fois il s'agit encore de problèmes d'argent. Ai-je le droit d'en vouloir à ma tante ? Je sais qu'elle en souffre aussi et qu'elle n'a pas le choix.

Dans une quête d'affection que rien ne rassure, j'ai envoyé un e-mail à mes deux frères qui ont sûrement d'autres préoccupations que mes états d'âme. Julien, qui s'informe chaque jour de l'avancée de mon enquête et m'encourage, me répond tout de suite qu'il comprend, que si je veux on peut annuler la vente. Il est prêt à renoncer à cette somme qui lui revient, alors qu'il n'est pas riche. Édouard est embêté, il ne partage pas mon sentimentalisme immobilier. Comme il ne peut pas assister à la visite de l'agent immobilier, je lui dis que je comprends, que ce n'est pas grave, que je peux m'en occuper seule. Mais quand je croise sa photo dans la rue, sur un kiosque ou un bus, il me manque.

Nadine m'a déjà appelée trois fois aujourd'hui. Quand touchera-t-elle l'argent de la vente ? Elle n'entend pas ma réponse, c'est son truc pour les oreilles qui ne marche pas. Elle appuie sur le haut-parleur, un écho assourdissant se déclenche.

— Je vais signer ! je lui réponds en hurlant avant de raccrocher trop brutalement.

Mais, pendant une semaine, j'évite l'agent immobilier. Je reporte la signature, trouvant de bons prétextes, les enfants, la rentrée scolaire.

Mes frères et ma tante ont signé, il ne reste plus que moi. La semaine passe et je cherche encore une solution possible, une idée géniale pour ne pas vendre. Mais je ne trouve pas. Le vendredi, je réponds enfin à l'agent et lui donne rendez-vous au café en bas de chez moi, à 17 heures. Il est trop tôt pour boire mais tant pis, je commande deux coupes de champagne alors qu'il n'y a vraiment rien à fêter.

J'accepte l'offre d'achat de M. M***, 30 % en dessous du prix du marché. Je n'ai rien contre cet agent, il est poli et diligent, il se déplace pour chaque signature. J'ai besoin de créer un petit lien avec lui pour signer. Alors, j'essaie de lui parler pour le comprendre. Il me raconte sa vie, et je ne saisis pas bien pourquoi il ne changerait « pour rien au monde de métier ». Il m'assure :

— Le viager, ça me passionne, et ça me rapporte plus que l'immobilier traditionnel !

C'est sans aucun doute cet aspect qui l'intéresse le plus. Mais comme je suis de nature empathique, je cherche autre chose. Il m'explique qu'il aime que ses clients cherchent à investir plutôt qu'à s'installer, car « ça les rend beaucoup moins difficiles », m'assure-t-il. C'est donc ça, c'est facile, plus rapide et ça rapporte davantage. Sauf quand on tombe sur des enfants sentimentaux peut-être. Je l'écoute, dubitative, et je suis ailleurs. Ma petite voix me demande encore si j'ai bien fait d'accepter.

Le champagne atténue les doutes et je signe, puis repars presque légère chez moi, peut-être soulagée d'avoir enfin pris la décision de vendre.

Le soir même, ma mère m'appelle, pourquoi ne lui ai-je pas dit que j'avais un acheteur pour l'appartement ? Combien toucherons-nous, mes frères et moi ? Combien aura ma tante, elle ? Est-ce qu'on ne se fait pas avoir ?

C'est un peu ma faute si elle est maladroite, car je ne sais pas lui expliquer à quel point cette décision m'est pénible, me privant d'un des derniers souvenirs de mon père et de mes ancêtres. Elle voudrait m'aider et tente de me changer les idées en me donnant des nouvelles de mon frère :

— As-tu lu cette interview tellement amusante dans laquelle Édouard raconte son invention de la « mélancolie joyeuse » ?

C'est une jolie formule, et pourtant, alors que la douceur du champagne s'est évanouie, la mélancolie qui m'envahit soudain n'a rien de joyeux. Le monde de mon père disparaît et je ne peux rien faire, pas même réunir ses enfants dispersés.

## XXXI

# Madame de Parabère garde son mystère

Elle est assise sur un muret de pierres ocre. Sa robe de satin bleue est couverte d'un grand tissu de satin rose pâle, dans un joli effet de drapé que je voudrais toucher. Dans sa main gauche, une grenade ouverte, alors que sa main droite est délicatement posée sur une citrouille.

Derrière elle, un homme, le profil tourné vers le ciel, regarde un ange qui représente l'amour. Il tient un masque d'une main et porte le doigt de l'autre main vers son œil.

Marie-Madeleine de Parabère, favorite royale, me captive. Ses deux yeux vifs qui se détachent de son doux visage sont en contraste avec une certaine rondeur, presque une mollesse.

J'essaie d'appliquer cet exercice de mon atelier d'écriture où je demandais à mes élèves de s'imprégner d'un tableau avant d'écrire, plutôt que de projeter quelque chose sur lui : « Reçois les sensations, les émotions et écris. »

J'ai trouvé sa photo par hasard il y a un an sur Internet, mais là, grandeur nature, je la découvre vraiment pour la première fois.

Les employés du musée qui restent derrière moi me dérangent, ils refusent de nous laisser seuls, Madame de Parabère, Henri et moi :

— Dans dix minutes, il faudra qu'on range le tableau.

Nous sommes dans les réserves du musée de Dresde, en Allemagne, où le tableau de Nicolas de Largillière est conservé en attendant la fin des travaux.

Dix minutes seulement… Alors que je cherche ce tableau depuis plus d'un an, que nous sommes venus de Paris pour lui, et que j'ai passé des heures et des journées entières à interroger son histoire, à retracer son parcours dans tous les centres d'archives.

— Est-ce que je peux prendre une photo ?

Ils refusent. Alors je regarde de toutes mes forces Madame de Parabère, je voudrais m'imprégner du tableau, pour saisir son esprit. Il faut que je comprenne :

— Qu'est-ce que Jules a aimé en toi ? Pourquoi t'a-t-il choisie ?

Comme la toile mesure un mètre quarante-sept de haut et que je ne suis pas très grande, Madame de Parabère et moi sommes face à face. J'attends qu'elle me parle :

— N'as-tu pas un secret à me révéler ?

Son regard n'est pas doux, il est sûr de lui, fier, presque trop perçant. Et c'est elle qui me scrute maintenant.

— Et toi, que fais-tu ici ? Ne t'es-tu pas lancée dans une quête trop lourde pour toi ? N'as-tu pas une vie, des enfants ?

Je l'entends mais je ne veux pas l'écouter. J'ai tant de choses à lui demander :

— Raconte-moi ce qui t'est arrivé depuis que Jules t'a achetée un beau jour de 1928. Décris-moi votre première rencontre avec Jules ? Comment te regardait-il alors ? Parle-moi de Jules, je t'en prie ! Comment t'es-tu retrouvée dans ce musée après la guerre, par quelles mains es-tu passée ?

Mais Madame de Parabère garde son mystère. Je m'efforce de graver son image dans ma mémoire, peut-être me révélera-t-elle quelque chose plus tard ? Quand la reverrai-je ?

Le temps est écoulé, et j'ai bien du mal à rester digne et à ne pas crier « Ne l'emmenez pas si vite ! » quand le grand rideau de fer auquel elle est attachée se rétracte pour la remiser dans les rayons.

Henri s'approche de moi.

— La prochaine fois que nous la verrons, ce sera à Paris, pour la restitution. Je te le promets.

Je crois que lui aussi a parlé au tableau. Je prends la main d'Henri et souris pour cacher mon émotion.

## XXXII

## « *Sammlung Jules Strauss* »

*Décembre 2016, un an avant Dresde.*

— Nadine, tu as déjà vu ce tableau ?

Brandissant une feuille, je suis venue l'interroger sur ma dernière trouvaille.

À force de parcourir la Toile, j'ai découvert sur un site allemand un portrait de femme du XVIII$^{e}$ siècle, nommé *Bildnis einer Dame als Pomona* de Nicolas de Largillière.

Ne comprenant pas la langue, j'ai balayé rapidement la page pour m'arrêter sur les mots *Provenienz : « Marquis de Chaponay »*, puis *Sammlung Jules Strauss*.

Henri a traduit le peu que ses lointaines années d'allemand au lycée lui ont permis de déchiffrer : « Collection Jules Strauss ». « Le dernier propriétaire en 1938 est Jules Strauss. Le tableau a été retrouvé en 1953 dans les coffres du ministère des Finances de RDA. » Entre ces deux dates, rien.

Que fait le nom de mon arrière-grand-père sur

le site de recherche de provenance des musées allemands ?

Nadine, qui ne s'étonne plus que je passe à toute heure chez elle pour l'interroger sur Jules, regarde longuement la feuille que j'ai imprimée.

— L'image est très mauvaise... Ce tableau est considéré comme le chef-d'œuvre de Largillière. Madame de Parabère était la maîtresse du Régent tu sais ?

Je l'interroge, pleine d'espoir :

— Tu reconnais donc ce tableau ?

— Pas du tout. Ça ne me dit rien.

— Tu es sûre que tu ne l'as jamais vu accroché aux murs de l'avenue Foch quand tu étais petite ?

— Bon Papa a eu tellement de tableaux, tu sais... Il y en avait aussi des dizaines posés au sol contre les murs de son bureau. Il les cachait à Mémé.

— Mais comment te souviens-tu de son nom alors ?

— Mais tu me l'as dit en arrivant ! Je ne suis pas encore complètement gâteuse.

Je jurerais que je ne lui ai rien dit, mais son assurance me fait douter. Je n'insiste pas. J'espère qu'en la laissant regarder encore quelques instants, les souvenirs remonteront à sa mémoire.

Elle observe encore un moment, puis assène :

— Je le trouve très ennuyeux !

Depuis que j'ai commencé cette enquête, Nadine adore m'expliquer que les trésors de la collection Strauss ne lui plaisent pas.

— Au fond, je n'aime pas du tout ce genre de tableau, moi j'aurais voulu garder un Renoir peut-être… *La Pensée*, voilà un joli portrait ! Celui-là, j'aurais bien aimé l'avoir dans mon salon. Les danseuses de Degas, ça m'ennuie aussi. J'aime Matisse, mais Bon Papa n'avait pas de Matisse, alors. Il avait un goût… Au fond, on n'a pas du tout le même goût, voilà !

Je sais combien Nadine aime ne pas aimer. Chez elle, la dépréciation est une pudeur naturelle, une ruse pour ne pas se laisser envahir par les émotions, ne pas sombrer dans la nostalgie. J'ai appris à l'interpréter comme une marque d'affection.

Si Nadine ne peut pas m'aider, il faut que je regarde les carnets de Jules. C'est par là que j'aurais dû commencer, si j'avais eu plus de méthode. Je tourne très précautionneusement les pages qui s'émiettent de ce cahier commencé en 1931 : Jules a mentionné deux fois le Largillière, sous le nom *Portrait de Madame de Parabère*. Mêmes mesures que celui du site allemand.

Jules a soixante-dix ans lorsqu'il remplit à l'encre noire le carnet. Une écriture penchée, faite de pleins et de déliés, irrégulière et un peu tremblante :

*Largillière Portrait de Vertumne et Pomone*
*Le Régent et Madame de Parabère*
*Considéré comme le chef-d'œuvre de Largillière*

C'est exactement ce que m'a dit Nadine ! Sans le savoir, elle a repris les termes exacts de Jules. Elle n'a rien oublié.

Plus bas sur le carnet :

*Collection Marquis de Chaponay*
*Wildenstein*
*Paraf*
*Toile dans son cadre magnifique d'origine*
*Reproduit dans Les arts 1909*
*Exposition Largillière Petit Palais*

Il y a aussi quelques mots crayonnés, presque effacés. L'achat a été fait en commun avec Roger Sorbac, son gendre. Jules précise avoir ensuite remboursé sa part en 1935.

Encore que j'aie du mal à déchiffrer : « vendu en 1941 400 MF ». Que veut dire MF ? Quatre cent mille francs sans doute. Est-ce le prix du marché ? À quoi cette somme correspondrait-elle aujourd'hui ?

Je téléphone à Emmanuelle Polack. Pense-t-elle que ce tableau a été spolié ? La date de vente (1941) notée par Jules dans son carnet n'est pas anodine. Les premières lois antijuives ont été promulguées dès octobre 1940, l'aryanisation économique s'amplifie alors et les juifs persécutés vendent parce qu'ils doivent fuir et qu'ils ont besoin de liquidités. La question est bien de savoir dans quelles conditions Jules a vendu ce Largillière.

Selon Emmanuelle, il faut combler le *gap* de provenance, essayer de comprendre entre quelles mains est passé le Largillière de 1935 à 1953.

Le tableau ne figure pas sur la liste réclamée par Marie-Louise après la guerre. Emmanuelle me conseille de chercher à La Courneuve, parmi les objets listés par Rose Valland et la Commission qu'elle a dirigée après-guerre, la CRA (Commission de récupération artistique).

À deux, La Courneuve est moins rude. Emmanuelle me guide et nous blaguons sur le froid, la lenteur, la complexité des classements d'archives, sur n'importe quoi, pour ne pas être terrassées par la pesanteur des lieux, par la présence muette des familles persécutées, dont les lettres, les listes, les photos ont été entreposées ici.

Emmanuelle me montre le seul ordinateur sur lequel on peut consulter les archives numérisées de Rose Valland, les dossiers des cartes de la CRA. Ce sont les fiches qui répertorient les œuvres volées, récupérées ou non après-guerre.

Les œuvres spoliées ont été classées par nom d'artiste. Comme d'habitude, j'écoute à peine les explications et je me précipite sur l'ordinateur.

À tout hasard, je cherche « Largillière ». Coup de chance énorme, je trouve une fiche cartonnée remplie par les services de Rose Valland.

Je lis sur ce petit rectangle dactylographié :

*Descriptif : Mme de Parabère est représentée, assise en Pomone, dans une robe de satin. À ses côtés, le régent P. d'Orléans coiffé d'un bonnet de folis (?) et à qui l'amour vient d'ôter le masque derrière lequel il se dissimulait.*

*Nom du propriétaire : Affaire Jansson Cassagne Intermédiaire pour Compte Reichsbank.*

*Adresse : 35 avenue Charles-Floquet et 42 avenue Charles-Floquet*

*Date de réclamation : 10 décembre 1945*

*Date du vol : Occupation*

*Circonstance du vol : Objets achetés pour Reichsbank*

*Voir dossier Réclamation Mungne*

*Observation particulière : vendu*

Les mesures correspondent bien à celles du carnet de Jules. Cette fiche écrite par les services de Rose Valland ne fait pas mention de Jules Strauss mais le tableau semble pourtant bien être le même. Pourquoi a-t-il été saisi à une autre adresse que celle de Jules ?

Je prends des photos de l'écran, que j'envoie fébrilement à Henri. Ensemble, nous allons passer quelques jours à chercher qui est ce Jansson Cassagne, et qu'est-ce que la « réclamation Munge ». Mais, cette fois, Google ne nous aide pas. Les centres d'archives non plus. « L'Affaire Jansson Cassagne » reste une énigme.

Quelques semaines plus tard, je suis cette fois Emmanuelle aux Archives de Paris, à la Porte des Lilas. Comme deux détectives en quête de nouveaux indices, nous entrons dans la salle de lecture. Un conservateur présente à des chercheurs allemands des archives inédites, les livres de comptes des commissaires-priseurs qui, entre 1940 et 1945, ont reporté leurs ventes, et le détail fait froid dans le dos. Emmanuelle me fait signe, j'approche et prends discrètement quelques photos.

Ces archives privées ne sont pas encore dans le domaine public. Pourtant, elles sont précieuses pour les chercheurs et les historiens. Chaque commissaire-priseur a reporté le détail de ses ventes à Drouot entre 1940 et 1945. Par exemple, en 1942, une vente intitulée « biens israélites » précise : « assiettes », « machines », « cafetières », « draps ».

Les Strauss ont eu la chance d'avoir toujours conservé le nécessaire, mais d'autres ont tout perdu, jusqu'à leur outil de travail, comme ces machines à coudre dans les inventaires de ventes aux enchères.

À chaque fois que je regarde les photos prises ce jour-là, j'ai honte de me prendre pour une chercheuse de trésors dans cet océan de « biens israélites », honte de penser à la valeur du Largillière, et à ce que je pourrais m'offrir avec cet argent, dont pourtant je ne toucherais qu'une part infime.

Emmanuelle veut me montrer des sources sur lesquelles elle travaille pour sa thèse sur le marché de l'art pendant la guerre. Elle fait des découvertes qui, me dit-elle, ne vont pas plaire aux musées français, et risquent de lui mettre à dos une profession à laquelle elle se destinait. Comment espérer entrer dans un corps, celui des conservateurs de musée, quand on fait des découvertes qui mettent en cause leurs prédécesseurs ?

Ces sources confidentielles s'appellent les « Profits illicites ». Ce sont les listes vertigineuses (combien de noms, combien de commissions ?) de ceux qui ont été jugés pour « commerce avec l'ennemi », quelles que soient leur profession et la nature de leur commerce. Se côtoient marchands d'art, experts, antiquaires, commissaires-priseurs… Mais aussi crémiers, boulangers, tailleurs, maçons, etc. Ils ont été jugés après-guerre et les dossiers d'instruction sont gardés aux Archives de Paris.

« Tu as regardé dans les Profits illicites ? », « Il est dans les Profits illicites ? ». C'est une sorte de mot de passe pour déceler les initiés, les vrais chercheurs. L'accès à ces sources, c'est ce qui m'a fait passer au statut de chercheuse plus tout à fait du dimanche.

Emmanuelle me montre le classement alphabétique de ces personnes jugées après-guerre. Je retrouve le nom d'André Schoeller, expert et marchand, qui a racheté en 1936 sur ordre d'un certain Monsieur Schwenck le *Portrait de Jacques de Nittis enfant*. Ce pastel de Degas fait partie des dix tableaux de la liste d'Andrew que ma famille a déclarés volés, pour des raisons qui m'échappent encore. Je prends une photo de la page.

Le soir, je raconte à Henri la découverte de ce fichier et lui montre la photo que j'ai prise de « Schoeller, André ». Il lit à voix haute la ligne d'en dessous à laquelle je n'avais pas prêté attention : « Margot Jansson ». Henri bondit :

— Jansson comme l'« affaire Jansson Cassagne » de la fiche CRA !

Découverte improbable et miraculeuse. Il y a bien un dossier Margot Jansson aux Archives de Paris, dans les « Profits illicites ». Après quelques jours d'attente, on m'apporte le dossier de papiers fragiles et jaunis, qui n'ont jamais été numérisés. Les dernières traces de l'histoire d'une femme accusée d'avoir fait commerce avec l'ennemi. Je tiens peut-être la clé de l'énigme du Largillière.

Partagée entre la peur d'abîmer le papier jauni et l'impatience, je découvre les aventures de Margot Jansson, ancienne vendeuse de sous-vêtements, née en Suède, vivant à Paris. Et qui, pendant la guerre, est devenue intermédiaire en achats d'œuvres d'art pour les nazis. Je plonge dans un procès vieux de soixante-dix ans. Dossier d'accusation et dossier de défense. Elle est accusée d'avoir acheté des œuvres pour le compte du Dr Wolf, de la Reichsbank, entre 1941 et 1944, et d'avoir pris de larges commissions. Elle a été dénoncée par une secrétaire, une certaine Mlle Nungné (et non, Mungne, comme l'écrit Rose Valland sur la fiche CRA).

Je retrouve un dossier que cette dernière a établi, une copie d'un catalogue des œuvres qui auraient transité par l'intermédiaire de sa patronne. Un descriptif très alléchant, avec des prix élevés, d'une centaine de meubles, tapisseries, d'époque Régence ou Louis XIV, mobilier Louis XV. Et puis, soudain, un seul tableau : *Portrait de Madame de Parabère* : 4,5 millions. Le tableau vendu 400 MF par Jules aurait-il été revendu 4,5 millions à la Reichsbank, ou est-ce juste un prix de présentation ?

Le tableau de Jules est passé entre les mains de Margot Jansson, et sans doute a-t-il été vendu au Dr Wolf, l'architecte de la Reichsbank. Il voulait décorer sa banque à l'image de la Banque de France, avec des objets et tableaux français du XVIIIe siècle, fournis par Margot Jansson.

Comme le magasinier en chef est un admirateur de mon frère Édouard, il m'invite dans son bureau et me montre les fichiers informatisés des « Profits illicites ». Il a envie de parler de mon frère, et moi d'en savoir plus sur les procès d'après-guerre. Et comme il aime vraiment son humour, il va m'envoyer des fichiers par e-mail. J'aime l'idée que mon frère m'aide sans le savoir et me permette de gagner du temps, en m'évitant de passer des heures penchées sur les listes qui ne sont pas classées par ordre alphabétique.

Ce petit monde interlope d'intermédiaires, de recycleurs d'œuvres d'art, me rappelle beaucoup les romans de Modiano. Ne saurai-je jamais dans quelles circonstances exactes Jules a vendu ce tableau ? L'a-t-il cédé directement à cette Mme Jansson, « recycleuse » d'œuvres d'art ? Y a-t-il eu un autre intermédiaire ? Était-ce une vente à vil prix ? Et dans ce cas, comment trouver quel aurait été le prix « juste » de ce tableau ?

Comment le comparer avec un autre tableau de Largillière qui aurait été vendu à la même époque ? Si le *Portrait de Madame de Parabère* était bien « considéré comme le chef-d'œuvre de Largillière », quelle pouvait être sa valeur en 1941 ?

Il est évident que c'était une vente forcée, à laquelle Jules a été contraint par les circonstances. Mais comment le prouver ? Marie-Madeleine de Parabère n'a pas livré tous ses secrets.

## XXXIII
# La lettre oubliée

La meilleure des sources n'est-elle pas le tableau lui-même ? Qu'est-ce que je sais de Largillière et de *Madame de Parabère* ? Dans mon enquête, j'ai omis l'objet principal, l'acteur clé, le tableau.

Dans la salle de documentation du Louvre, les cartons d'œuvres sont classés par époque, par peintre et par motif. Je regarde à Largillière, « Portraits de femmes connues ». Pour la première fois, je découvre le sens du motif mythologique Vertumne et Pomone. La favorite du Régent, Marie-Madeleine de Parabère, est peinte en nymphe Pomone, divinité des fruits, comme le figure la grenade qu'elle tient posée sur les genoux. Derrière elle, le Régent est représenté en Vertumne, le dieu des saisons et des fruits. Le mythe raconte que la nymphe des jardins et le dieu de la nature se transforment et s'aiment éternellement. Est-ce que Jules était sensible à ces symboles ? Croyait-il à l'amour éternel, s'il est toujours renouvelé ? Je cherche un signe, un message là où il n'y en a peut-être pas.

Je trouve les photocopies des différentes expositions où le tableau a figuré. En 1928, dans une exposition, le tableau est présenté comme prêté par Roger Sorbac. Je lis sur une page d'exposition de 1938 : « collection Jules Strauss ». Jules a donc bien remboursé sa part à son gendre, avec qui il avait acheté ce tableau.

Il n'y a pas grand monde dans ces salles vétustes, poussiéreuses. Je reconnais juste l'ancien conservateur, le teint rouge, l'air furieux, qui se promène et s'arrête pour ouvrir les cartons. Il semble y placer des morceaux de papier, des articles de magazines. Par moments il parle tout seul, il grogne plutôt.

Je m'installe le plus loin possible de ce ronchon, pour feuilleter tranquillement mon dossier. Mais il me regarde d'un mauvais œil. En quoi ma présence le dérange-t-elle ?

Glissée entre les photos des catalogues d'exposition dans lesquelles *Madame de Parabère* a figuré, je découvre une lettre manuscrite datée de 1973 : un certain Harald Marx écrit dans un français approximatif à son homologue du Louvre, E. Macquart. Harald Marx a été historien de l'art et conservateur des collections d'art des musées de Dresde pendant près de quarante ans.

Il décrit le *Parabère* et donne sa provenance.

Puis il signale sa présence dans son musée et demande à son homologue du Louvre, dans un français incertain :

> *Que savez-vous de la collection du Marquis de Chaponay et du destin de ce tableau ?*
>
> *Chez nous il y a un tableau ressemblant [...]. Le portrait est venu dans notre galerie après la guerre sans qu'on pouvait éclaircir sa provenance antérieur [sic], c'est-à-dire on nous a transmis ce tableau de la Nationalgalerie de Berlin sans aucune documentation.*

Incroyable, cette question qui demeure sans réponse depuis si longtemps, que le site *Lostart* pose, qui a déjà été posée en 1973, et à laquelle personne n'a même essayé de répondre... Je regarde plusieurs fois le contenu du carton, mais il n'y a aucune lettre en retour de cette demande de M. Marx de Dresde. Si quelqu'un avait pris la peine de répondre, de retrouver la trace de Jules Strauss puis de ses descendants en 1973, année de ma naissance, je ne serais pas là aujourd'hui à devoir débusquer des preuves dans des archives oubliées et poussiéreuses.

Je vais voir la directrice de salle, une personne qui trône là sans que l'on sache vraiment quel est son rôle.

— Savez-vous comment je peux contacter monsieur Macquart, le destinataire de cette lettre ?

— Mais c'est lui ! me dit-elle en désignant le vieux monsieur qui maugrée toute la journée en mettant des petits papiers dans les cartons. C'est l'ancien conservateur !

— Mais je croyais qu'il était à la retraite ?

— Il est à la retraite, mais il continue de venir tous les jours.

Est-il un passionné ou un fonctionnaire trop zélé, toujours accroché à son ancien poste ? Si c'est le cas, il sera sûrement heureux de pouvoir m'aider.

Je m'approche de lui, la lettre de Dresde à la main.

— Monsieur, j'ai trouvé cette lettre qui vous était adressée, et je voudrais vous demander…

Je n'ai même pas encore parlé de Jules Strauss, il s'énerve déjà, hausse le ton. Il m'interrompt, furieux :

— Ah, mais la barbe !

Puis il se détourne et s'en va en vitupérant contre moi. Est-ce qu'il a eu le temps de voir la lettre ? Est-il simplement furieux d'être dérangé ou bien furieux qu'on l'ennuie avec des histoires de spoliation ?

Je n'y avais même pas pensé, mais tout s'éclaire. Ce vieux conservateur ronchon est aussi l'auteur de l'article sur Jules et ses cadres. Oui, c'est lui qui n'a pas répondu à la lettre de Harald Marx, et qui refuse de me répondre aujourd'hui. A-t-il une dent contre notre famille ? Contre

Jules, contre les collectionneurs juifs et leurs descendants ?

Je me sens comme Woody Allen dans *Annie Hall.* Énervée, contrariée, je retourne voir la directrice de salle. Rien ne l'étonne. Oui, elle sait bien qu'il est un peu bizarre.

— Mais on le laisse faire ce qu'il veut dans les Archives du Louvre ? Sait-on ce qu'il met dans ces cartons ?

Elle ne répond pas. Elle hausse les épaules tout en souriant, désolée. L'air de dire : « Qu'y puis-je ? ».

J'imagine alors un drôle de scénario dans lequel un vieux conservateur à la retraite revient hanter les Archives du Louvre pour détruire des documents compromettants et déchirer des preuves à charge.

Je le poursuis dans les couloirs pour le prendre en flagrant délit et sauver *in extremis* les archives des familles spoliées, dont les tableaux dorment parmi les MNR du Louvre. Dans ce petit film-là, que je m'invente toute seule en rentrant chez moi, je deviens une héroïne de la restitution, à l'image de Rose Valland. Mais je ne repars avec rien d'autre que la photo de la lettre du musée de Dresde écrite en 1973.

## XXXIV

# Dresde en amoureux

*Novembre 2017.* Henri et moi aurions pu partir n'importe où en amoureux. Mais nous avons choisi Dresde, la ville la plus bombardée d'Allemagne, en ex-RDA, et entièrement reconstruite. Dans la triste lumière de novembre, le programme est loin d'être romantique.

En deux jours, prendre quatre avions, dormir dans un horrible motel, manger des saucisses pour le dîner, mal dormir, ne pas faire l'amour et s'inquiéter.

Le lendemain, affronter pendant trois heures le musée, ne pas même avoir le droit de prendre le tableau en photo. Puis s'en aller en sachant que la lutte ne fait que commencer.

Henri m'avait prévenue, les Allemands sont toujours en avance. À minuit, il part en reconnaissance du trajet, pendant qu'au bar je commande une deuxième vodka gingembre. Dans ce hall ultramoderne à l'éclairage blafard, je voudrais m'étourdir, arrêter les ruminations ; je connais chaque pièce de notre dossier, puisque je les ai découvertes une à une, mais j'ai peur d'être émotive, de perdre mes moyens face à ceux que j'imagine comme un tribunal.

Quand nous arrivons cinq minutes avant le rendez-vous, les trois représentants sont déjà là, assis derrière la table du bureau du directeur du musée de Dresde. En anglais avec un fort accent allemand, ils nous invitent à prendre place face à eux. Sur la table, l'épaisseur de leur dossier m'inquiète. Je suis si impressionnée que je ne comprends rien au poste de chacun. J'en deviens presque solennelle, comme trop consciente de la gravité de l'instant.

Soixante-dix-sept ans après les faits, je représente Jules Strauss, mon arrière-grand-père, et je viens en son nom demander la restitution du tableau qui lui appartenait. Un chef-d'œuvre classique, le *Portrait de Madame de Parabère*, de Largillière.

Très vite, il apparaît clairement que celui que je crois être le directeur du musée, le plus retors des trois, ne rendra pas si facilement le tableau. Les questions qu'ils me posent sont encore gravées dans mon esprit :

— Peut-être Jules Strauss était-il heureux de vendre son tableau à un bon prix ?

Il faut répondre, sans s'indigner, parler des lois antijuives promulguées dès octobre 1940, des comptes bloqués, des sociétés aryanisées.

Henri ne veut pas se laisser gagner par l'émotion quand il rappelle les dates. Des faits, voilà ce qui nous donne raison et nous sauve du sentimentalisme.

Trois heures de discussion pénible et tendue, sans que jamais personne hausse le ton, bien sûr. Il faut se justifier et prouver que le tableau appartenait à la famille, et qu'il a été spolié. Nous avons préparé les dossiers pendant des heures avec Henri, revoyant un à un nos documents, nos arguments. Mais nous n'étions pas prêts à être si fortement touchés par ce sentiment d'injustice.

Le tableau est passé entre les mains de Margot Jansson, Suédoise vivant à Paris, condamnée par les tribunaux d'après-guerre pour avoir fait commerce avec les nazis. Elle revendait des œuvres d'art pour la décoration de la Reichsbank. Elle a ainsi vendu des chefs-d'œuvre, tapisseries et meubles du XVIIIe siècle, et le Largillière de Jules.

— Mais quelle preuve avez-vous que Jules Strauss ne l'a pas vendu à quelqu'un d'autre avant elle ?

Il faut éviter de prononcer nous-mêmes le terme de « vente forcée ». Les laisser arriver à cette conclusion. C'est un match de boxe silencieux, dans lequel les adversaires ne sont plus là.

— Oui, bien sûr, je vous enverrai tout ce que

j'ai sur mon arrière-grand-père. Ses carnets, son histoire, vous saurez tout.

Je m'en veux d'être si accommodante et de les remercier à la fin de la réunion. Je ne veux pas être si remontée, le temps a passé. Ce ne sont pas eux qui ont volé Jules. Et pourtant, une fureur sourde me tenaille. Est-ce ma colère ou bien celle de Jules ?

Hébétés, sonnés, Henri et moi nous promenons au ralenti dans les musées de Dresde.

On s'étonne qu'ils ne nous aient pas même donné un ticket d'entrée. On se balade au hasard, même si nos jambes ne nous portent plus, il nous faut voir de belles choses et continuer de marcher pour adoucir la violence de nos émotions.

*Janvier 2018.* À Paris, dans les bureaux d'Elizabeth Royer, place du Palais-Bourbon. Karolina, la chercheuse de provenance du musée est venue de Dresde étudier les carnets de Jules pour avoir la preuve de la propriété du Largillière. Elle a mis des gants pour tourner les pages du carnet manuscrit. Pendant trois heures, elle scrute, analyse, étudie page après page. Dans la pièce d'à côté, je tourne en rond, incapable de faire autre chose. Que peut-elle bien voir que je n'ai pas vu ? Que cherche-t-elle exactement ? Elle est polie sans être chaleureuse, distante sans être froide. Je ne sais pas comment lui parler. Il me semble qu'elle fait juste son travail, sans qu'aucune émotion affleure. Mais que pense-t-elle, que ressent-elle ? Quelle est son intime conviction ?

Elle repart sans que l'on en sache davantage. Il faudra attendre son rapport, puis son chef reviendra vers nous. Elle ne sait pas quand.

## XXXV

# Un déjeuner de famille

— Si quelque chose arrive à Nadine, il faut que tu me préviennes, je viendrai.

Michel Strauss est à Paris pour quelques jours et nous nous retrouvons au restaurant. À quatre-vingts ans, il a passé des mois à l'hôpital et marche difficilement. Pourtant, il n'hésiterait pas à traverser la Manche pour sa cousine.

— Oui, bien sûr, Michel, je t'appellerai.

Je refuse d'imaginer les derniers instants de ma tante, elle est tout ce qu'il me reste des Baer, des Strauss. J'ai encore tant de questions à lui poser.

La veille du déjeuner, Michel m'a demandé de lui rendre les carnets de Jules. J'espérais qu'il oublierait qu'il me les avait prêtés, j'en avais fait mon petit trésor personnel, qui passait de cachette en cachette dans ma chambre. Je n'ai jamais su où les ranger, ni comment les protéger, mais j'aimais qu'ils soient avec moi. Compagnons de ma recherche, ils m'apportaient la présence affectueuse de Jules. Mais ils ne sont pas à moi, Marie-Louise les a donnés à Michel. Je les ai apportés au restaurant, et je tiens le sac sur mes genoux. Pourvu que Michel oublie de me les réclamer.

Andrew arrive en retard, très mince, les cheveux grisonnants. Nous nous embrassons maladroitement dans un bruit de lunettes qui se heurtent. Il rentre du Brésil. Nous étions sans le savoir exactement au même endroit au mois d'août, dans le Nordeste. Et nous avons, dans nos téléphones, exactement la même photo de l'embarcadère de Tibau do Sul, où chacun, à quelques jours d'intervalle, a fait la même excursion en buggy. Je ne suis pas sûre que j'aurais aimé le croiser par hasard sur la plage.

Pourtant, trois ans après que nous nous sommes parlé pour la première fois, je suis heureuse de retrouver mes cousins. Étrange impression d'être proches sans se connaître, sans partager aucun souvenir. J'ai du mal à analyser ce drôle de lien, et mes tentatives désespérées pour leur plaire. Peut-être que l'amour des ancêtres qui nous lie m'incite à rattraper le temps perdu.

Nous sommes donc tous les quatre, Michel est venu avec sa femme Sally, attablés dans un bon restaurant. Je prends poliment des nouvelles, on parle de vacances. Je demande en anglais à Sally comment vont ses chiens, Michel montre des photos de ses dernières acquisitions de portraits élisabéthains. Je me sens mal à l'aise, mon cœur bat. Je sens bien qu'ils ont organisé ce déjeuner pour une raison précise, et leur réserve ne fait qu'accroître mon anxiété.

Alors je comble le vide de l'attente en racontant avec mille détails mes démarches auprès du musée, mes idées pour chercher d'autres tableaux. Je partage avec un enthousiasme naïf et sûrement fatigant mes doutes et mes interrogations. Je parle des centres d'archives que j'ai fréquentés, des historiens que j'ai rencontrés, dans une vaine recherche d'approbation et d'encouragement.

Les plats arrivent et Michel n'a toujours pas dit pourquoi il voulait me voir. Serait-ce juste pour le plaisir d'un déjeuner de famille ? À force de détours et de questions, je crois enfin comprendre l'objet du déjeuner : Michel et Andrew ont découvert que le *Portrait de Madame de Parabère*, le Largillière, aurait plus de valeur qu'ils ne l'imaginaient au départ.

Pleine de zèle, je leur raconte que j'ai relancé le musée, que je leur écrirai à nouveau. Je leur explique pourquoi nous attendons depuis si longtemps. Michel met gentiment fin à mes élucubrations, ce qui compte c'est l'efficacité. Il se demande s'il ne faut pas engager un avocat. L'avocate française que je croise dans tous les colloques sur les spoliations ? Je pense plutôt à un avocat allemand. Comment savoir à qui faire confiance ?

Je m'entends leur proposer de faire moi-même des recherches. Encore ce côté bonne élève qui me pousse à montrer ma bonne volonté, à griffonner des notes, lister les priorités. J'aimerais qu'ils m'aident, ils connaissent le monde de l'art depuis toujours, ils iraient sûrement plus vite que moi, sauraient à qui demander, quelles sources consulter. Qu'ont-ils fait quand je courais les centres d'archives, et quand Henri et moi étions à Dresde ? Mais je ne leur demande rien et prends bonne note de leurs conseils.

Fatiguée de moi-même et de ces discussions techniques, me revient cette question que je voulais poser à Michel :

— Est-ce que tu te sens juif, toi ?

— Oui.

— Et en quoi, à quoi, sens-tu que tu es juif ?

— Eh bien, quand je croise des gens d'autres nationalités, qui sont juifs, sans qu'on se dise rien, il y a un lien tacite entre nous.

Je retourne la question dans tous les sens pour obtenir une réponse plus intime.

— Quand mon père était mourant, il a fait promettre à ma mère de ne pas m'élever dans la religion juive.

André est mort en 1939, est-ce que cette dernière volonté était liée à la montée du nazisme ? Était-il déjà conscient de ce qui allait se passer pour les juifs, ou, ne se sentant pas juif lui-même, ne voulait-il pas que son fils le soit ? Pourquoi était-ce si important pour lui ?

Il ne connaissait pas le testament de Jules et sa dernière volonté concernant la dispersion de ses cendres. Michel me dit qu'il est pourtant enterré avec Marie-Louise au Père-Lachaise, et que leur fils André, son père, est auprès d'eux. Michel voudrait aussi être enterré là-bas, mais il n'y a plus de place.

Michel ne veut pas être incinéré près de sa maison en Angleterre, avec sa femme Sally, ni à Oxford, comme sa mère Aline, mais avec son père à Paris, où il n'a jamais vécu. Avec les Strauss.

Andrew me propose d'aller ensemble au Père-Lachaise. J'accepte et je passe sous silence l'échec de ma première expédition, ma longue errance sous la pluie en quête du caveau familial. Je ne lui raconte pas que, quelques jours plus tôt, je me suis perdue dans le quartier des tombes juives, en face des monuments de commémoration pour les morts des camps de concentration. J'ai cherché pendant deux heures, mon plan pourtant marqué d'une croix. Je me suis foulé la cheville entre les pavés des longues allées circulaires qui me ramenaient toujours en arrière. Je me suis penchée sur les pierres tombales, faufilée entre les touristes qui cherchaient Édith Piaf ou Oscar Wilde. Et je n'ai rien trouvé, pas un monument, pas un frontispice au nom des Strauss. J'ai dû vider mon petit pot de fleurs devant l'entrée du jardin, et je suis repartie trempée avec mon pot vide dans le métro.

Michel proclame sans transition, l'air malicieux :

— Je suis l'héritier de Jules Strauss. Le goût Strauss, c'est moi.

Je reconnais bien là un lien entre nous, la tradition familiale du coq à l'âne dont Nadine est l'experte. Comment ne pas être émue par ce vieil homme qui se réclame d'un aïeul qu'il a à peine connu ?

Pourtant une pointe de jalousie absurde m'effleure, pourquoi serait-il héritier de cet aïeul vénéré, parce qu'il s'intéresse à l'art, parce qu'il a un « œil » ? Ne suis-je pas aussi l'héritière de Jules ? Peut-être que je n'ai aucun goût, mais il y a autre chose qui nous lie, que je ne saurais nommer. J'aime imaginer qu'il existe une complicité secrète entre Jules et moi.

Le déjeuner est terminé, nous nous embrassons tous affectueusement. Il faut hélas que je rende les carnets de Jules à Michel. Je sors épuisée. J'aurais voulu qu'ils m'aident, que l'on soit proches, mais j'ai juste promis, moi, d'en faire plus. Je regarde Michel s'éloigner dans la rue, il boite un peu. J'espère qu'il se remettra vite.

Le soir, mon fils Élie me demande combien je toucherai si je récupère le Largillière.

Aurai-je un pourcentage supplémentaire pour mes recherches ?

— Je ne fais pas ça pour l'argent, tu sais.

— Mais sans toi, ils n'auraient jamais retrouvé ce tableau ! Combien tu vas toucher sur sa vente ?

Élie a dix-sept ans, il pense à son avenir, se demande quel sera son métier, son salaire. Il me parle de l'appartement dont il sera « propriétaire à trente ans », m'assure-t-il. Il ne comprend pas que je travaille pour rien. Il soupire, déçu que sa mère ne sache pas faire valoir ses droits. Il a même écrit le brouillon d'une lettre dans laquelle je demanderais à ma famille une rémunération pour mon travail de recherche. Mais je ne l'ai pas envoyée.

Quel genre de modèle suis-je pour Élie si je n'ose pas avouer ce que je cherche vraiment ? Comment dire à mon fils que je suis un peu lâche quand il s'agit de demander de l'argent. Et que je ne suis pas très honnête avec moi-même non plus, car l'argent ne m'apporterait sans doute pas ce que je cherche. Je voudrais lui dire que, davantage encore que la reconnaissance et l'amour de ma famille, j'aimerais enfin accomplir quelque chose qui en vaille la peine.

## XXXVI

# Une si longue attente

*Dear Dr. Pr. Müller*
*Dear Ms. Seidel,*

*I would like to know where you stand with regard to the restitution of the Largillière painting, Portrait de Madame de Parabère.*

*After our meeting in Dresden in November 2017, Ms. Seidel's visit in Paris to look at Jules Strauss' notebooks in February, Dr. Pr. Müller's e-mail in March, we are keen to know whether your diligence is done and what is the process going forward.*

*Jules Strauss' heirs are getting old, his 4 grandsons are now between 80 and 97-year old. And three of them do not have much time left.*

*They would like Jules Strauss's painting back in their family before they die.*

*Please let me know what you are willing to do.*

Près de quatre-vingts ans après les faits, plus de soixante-quinze ans après que Marie-Louise Strauss a déposé son dossier de demande de restitution, le tableau de Jules reviendra-t-il un jour dans la famille ?

Depuis deux ans, de Paris à Dresde en passant par Berlin et les coffres de la Reichsbank, je suis le chemin chaotique parcouru par le beau *Portrait de Madame de Parabère.*

Comment le tableau de mon arrière-grand-père s'est-il retrouvé exposé dans le musée de Dresde pendant plus de vingt ans, sans que personne cherche vraiment à savoir à qui il appartenait ?

*Place de la Madeleine, novembre 2018.* Nous avalons notre dernière bouchée de sandwich dans le bureau d'Henri, quelques minutes avant un rendez-vous téléphonique décisif avec le musée de Dresde. Nous répétons encore une fois ce que nous devons dire. Quel est le processus de restitution ? Comment prennent-ils leurs décisions ? Qui décide ? Quelles sont les prochaines étapes ?

Nous téléphonons sur haut-parleur au Pr. Müller, directeur de la Recherche des musées de Dresde, et à Karolina Seidel, chercheuse de provenance du musée. Müller prépare un grand colloque sur l'anniversaire des accords de Washington sur les spoliations nazies dans quelques semaines. Il parle anglais avec un très fort accent allemand.

— Nous souhaitons garder ce tableau.

Ça commence assez mal.

— Nous en sommes arrivés à la conclusion qu'il y a bien eu une vente forcée, mais les circonstances sont compliquées. Nous souhaitons donc vous le racheter.

Je ne sais pas quoi dire, après près de deux ans de démarches, un an après notre rencontre, ils reconnaissent qu'il y a eu une vente forcée, mais ils veulent que le tableau reste au musée.

Tout est trop confus, alors je laisse parler Henri, plus rationnel, moins ému que moi :

— Quel serait alors votre processus ?

— Nous souhaitons rencontrer la famille Strauss pour nous mettre d'accord sur un prix. Il y aura une restitution, puis vous nous vendrez le tableau.

Une restitution sous conditions, est-ce vraiment une restitution ?

— Et si nous ne trouvons pas d'accord ? demande Henri.

Müller nous explique que le musée livrera ses conclusions sur la vente forcée au ministère fédéral des Arts et de la Culture, qui statuera. Avec la possibilité que la restitution soit refusée.

Je suis furieuse, mais que répondre ? Henri dit que nous allons en parler au reste de la famille et réfléchir. Que nous voulons lire leur dossier et leurs conclusions sur le Largillière. Puis on raccroche, toujours polis. Mais leur proposition me dégoûte. Il me faut quelques minutes pour exprimer ma colère. C'est une deuxième vente forcée ! Une restitution sous la contrainte de rendre le tableau au musée. L'argent donné en échange ne suffit pas. Pourquoi ? J'essaie de me raisonner. Si nous vendons le Largillière après, est-ce que ça ne revient pas à peu près au même ?

Non. La restitution est une reconnaissance des persécutions. Mais lorsqu'ils évoquent les circonstances « compliquées », et l'obligation de leur revendre le tableau, est-ce qu'ils ne nient pas la spoliation, toute l'histoire de Jules Strauss ?

Je devrais chercher une dernière preuve imparable de la spoliation. Je sens qu'elle existe encore quelque part. Comment retrouver la banque de Jules, prouver que son compte avait été bloqué, ou bien qu'il avait dû payer la taxe imposée aux juifs ?

Et si je ne trouve plus rien, serai-je obligée d'accepter les conditions du musée ?

Ce portrait n'a rien à faire en Allemagne. Aurai-je le courage, aurai-je la patience de me battre ?

Je voudrais garder le *Portrait de Madame de Parabère*, un mètre quarante-sept de haut, l'accrocher au mur du salon, vivre avec son sourire serein, son regard profond. Ne pas le vendre, ni au musée, ni à personne. J'aimerais qu'elle me parle et me raconte enfin sa rencontre avec Jules, puis comment, passant de main en main, elle a traversé la guerre, les frontières et le temps.

*Janvier 2019.* Après avoir déposé mes filles à l'école par un matin froid et pluvieux, je reconnais de loin la longue silhouette de Patrick Modiano. Sans doute ne souhaite-t-il être ni reconnu ni dérangé de bon matin. Pourtant, je cours à sa rencontre. Nous reprenons la conversation commencée deux ans plus tôt :

— J'ai eu le musée de Dresde au téléphone, ils ne me rendront le tableau que si j'accepte de leur revendre.

— C'est drôle parce qu'on a des cousins à Dresde…

J'aime quand son geste et sa parole partent si loin. La fin de la phrase est toujours surprenante.

Il sourit, il compatit, il est si vivant, si émouvant que la moindre conversation s'élève bien au-delà de nous.

Je n'ai pas besoin de lui expliquer pourquoi je voudrais revoir ce tableau, le faire revenir d'Allemagne. Je sais qu'il pense la même chose. Et même si je ne devais jamais revoir Madame de Parabère, je ne me sens plus seule.

Je le regarde s'éloigner à grands pas, vers sa femme qui me sourit affectueusement et lui prend tendrement le bras.

Tandis que je rejoins les autres mères à la terrasse du café du coin, que nous parlons d'enfants, d'organisation et de vacances, je voudrais rattraper les Modiano, ensemble traverser le Luxembourg, sans un mot, que dans un sourire nos pensées s'envolent vers d'autres cieux, vers d'autres temps.

J'imagine Modiano enfant courir dans les allées du jardin. Il a l'âge de mes filles et s'élance dans la rue Bonaparte dont il dévale la longue pente jusqu'à la place Saint-Sulpice. Il continue, joyeux, jusqu'à la Seine pour rejoindre l'appartement du quai de Conti.

Quelques mètres plus loin, quelques années plus tard, mon père jeune marié s'installe à son tour sur le quai face au Louvre, près des antiquaires qu'il connaît par leurs prénoms, chez qui il continue d'aller jusqu'à la fin, marchant d'un pas si fragile que je le suis, inquiète.

J'habite aujourd'hui à quelques pas de là, entre les galeristes dont certains ont acheté à des juifs persécutés, et devant lesquels je passe chaque matin.

Je pense à Jules qui flânait chez les antiquaires du quai Voltaire à la recherche d'objets rares, à ma grand-mère Nicole, deux rues plus haut, assise dans son magasin d'art populaire *Le Distrait*. Je me rappelle la petite fille que j'étais, qui rentrait bien vite chaque jour de l'école pour grimper sur ses genoux et chanter les vieilles chansons françaises que j'ai à mon tour chantées à Élie, et qui plaisent tant à mes filles Rose et Colombe, aujourd'hui.

## ÉPILOGUE

# Le long voyage des tableaux

*Septembre 2019*. Le *Portrait de Madame de Parabère* est toujours accroché au mur du musée de Dresde.

Aujourd'hui, enfin, après quatre ans de recherches et de réclamations, le directeur du musée de Dresde m'envoie ce message : « Really good news ! A few minutes ago I received the message that our ministry of finance finally agreed ! » J'appelle Nadine pour lui annoncer la bonne nouvelle. Elle me répond :

— De toute façon, je ne serai plus là.

Elle ne peut presque plus marcher mais son esprit et sa mémoire sont encore alertes, alors je proteste :

— Si, tu seras là, cette fois c'est la bonne !

J'ai crié victoire un peu vite. En lisant les quatre pages du « Protocole de restitution du *Portrait de Madame de Parabère* aux descendants de Jules Strauss » rédigé par le musée quelques mois après, je découvre que rien n'est juste. Les conservateurs allemands ne reconnaissent pas vraiment le vol du tableau de Largillière, ni les conditions de la vente forcée. La répétition de « il n'est pas improbable que » ne semble pas seulement une mauvaise traduction. Je ne peux pas encore signer.

Les musées allemands ont pourtant officiellement clamé leur bonne volonté, celle de réparer les crimes passés en rendant les objets spoliés. Mais les lois restent floues et la demande de restitution du Largillière se promène depuis deux ans, du musée au ministère des Arts et de la Culture, puis au ministère des Finances. Et la restitution tarde.

Comme c'est une décision politique, il faut des moyens de pression. À la fin d'un dîner donné pour le mécénat du Mémorial de la Shoah, je me précipite sur un homme que mon voisin me désigne comme l'ambassadeur d'Allemagne en France. Il m'écoute puis me répond : « Il vaudrait mieux en parler à l'ambassadeur. » Je me suis trompée, le vrai ambassadeur, lui, est déjà dans les escaliers vers la sortie. Je cours jusqu'à lui, parlant le plus vite possible pour essayer de le retenir :

— Monsieur l'ambassadeur, ça fait deux ans que ma famille réclame un tableau spolié à Dresde. Nous avons toutes les preuves mais le musée ne le rend pas.

Il me tend sa carte de visite.

Il faut que Nadine récupère le tableau de son grand-père. Un an après la restitution du dessin de Tiepolo, son cousin Jacques Sorbac est mort sans qu'elle ait pu le revoir. Elle a maintenant quatre-vingt-quinze ans mais elle se débrouille toujours pour prendre un taxi et me retrouver dans de bons restaurants, où elle peut désormais nous inviter grâce à l'argent de son viager. Comme elle commande les meilleurs plats qui lui rappellent le bon vieux temps d'avant-guerre, je l'interroge et l'écoute avec attention pour me rappeler chacun de ses souvenirs et les raconter à mon tour.

À chaque étape de cette trop lente restitution, je parle à mes cousins Strauss. Est-ce le temps, le recul ? Je me sens désormais si liée à eux. Aujourd'hui, je remercie Andrew de m'avoir mise sur ce drôle de chemin et de m'avoir laissée me débrouiller toute seule. Quand j'entends la voix grave de Michel, je pense à son père André, à Jules, j'ai envie de l'embrasser malgré sa retenue.

Henri a acheté en ligne une gravure de *Madame de Parabère* qu'il a fait encadrer dans le goût de Jules. C'est grâce à lui que je ne baisse pas les bras. Quand je flanche, il écrit au musée, il constitue les dossiers. Il appelle son ami qui connaît l'ambassadrice de France à Berlin, et qui va nous aider. Il m'épate et m'apprend la persévérance.

Au café de l'école, un père que je connaissais à peine me raconte comment ses ancêtres ont échappé au ghetto de Varsovie et se sont réfugiés à New York pendant la guerre. Cette confidence me touche. Sophie, mon amie d'enfance, qui est devenue après son mariage juive très orthodoxe, me parle pour la première fois de ce grand-oncle qui a très certainement été déporté et dont on ne parlait jamais chez elle. Mon vieil ami Franck, lui, suit de près mes recherches, et espère que je pourrai l'aider à retrouver la trace de sa grand-mère peintre, dont toutes les toiles ont disparu. Je note précieusement les noms, les dates de ses expositions, que j'affiche près de mon bureau. Un vieux monsieur m'a demandé de l'aide. Il semblait un peu perdu mais il se rappelle très précisément tous les détails des arrestations des membres de sa famille, les adresses, les jours et les heures. Il voudrait retrouver la collection de timbres de son grand-oncle, un magicien d'origine roumaine, très célèbre avant-guerre. Dans les Archives de la préfecture de police, au Pré-Saint-Gervais, j'examine les dossiers d'arrestation des juifs émigrés.

Je pourrais peut-être ouvrir une sorte de bureau de recherche pour les familles.

En septembre 2019, dès le lendemain de l'ouverture de l'exposition « Degas à l'Opéra », je me précipite au musée d'Orsay. Je n'ai pas vu le catalogue mais j'ai l'intuition que le tableau de Jules sera là. Je traverse les salles à grandes enjambées et je tombe nez à nez avec le groupe de danseuses que j'ai rencontré une première fois à Édimbourg et que je trouvais étrangement verdâtre, de la même couleur que mon manteau ce jour-là. Degas l'a peint à la fin de sa vie, alors qu'il était presque aveugle. Ce groupe de danseuses un peu flou, hésitant, a fait partie lui aussi de la collection Strauss. À Orsay, la provenance tient en une seule ligne, dans le catalogue aussi. J'écris à la commissaire d'exposition, elle n'en sait pas davantage. Entre 1922, date à laquelle Jules l'acquiert, et 1950, qu'advient-il du tableau ? Pendant des mois, Michel, Andrew et moi avons essayé de reconstituer la généalogie de ce chef-d'œuvre, de combler ce mystérieux *gap* de provenance sans succès, mais je ne l'abandonnerai pas tant qu'il ne m'aura pas raconté toute son histoire.

Longtemps après que la collection de Jules a disparu, les tableaux qu'il aimait continuent leur voyage. Cet été, en visitant la maison de famille de mon amie Agathe David-Weill, je reconnais dans la chambre de son père, accroché au mur, à gauche de son lit, le nu allongé, *Mademoiselle Rose*, tableau de jeunesse de Delacroix, qui figure sur la photo du bureau de Jules en 1920. Agathe s'inquiète, a-t-il été spolié ?

— Non, Jules l'a vendu, il est passé entre les mains de plusieurs collectionneurs, il a traversé le monde, puis, un jour, ton père l'a racheté.

Je suis heureuse qu'il soit là. Les tableaux voyagent et sont les témoins de nos vies et de nos revers de fortune, du bureau de Jules entre les deux guerres à la chambre de ce banquier célèbre et âgé qui aime encore la compagnie de *Mademoiselle Rose*, qui porte le même prénom que ma fille Rose, dont Agathe est la marraine. Dans leur voyage, les tableaux nous regardent et nous parlent, ils ne manquent pas d'humour ni d'à-propos.

Quand je suis allée faire mes études en Angleterre à vingt ans, j'ai entendu pour la première fois parler du beau métier de *travel writer* et j'ai aussitôt décidé, sans bien savoir en quoi il consistait, que j'avais trouvé ma vocation.

Dans ma chambre, sur la cheminée, je regarde aujourd'hui les souvenirs de mon voyage, les photos de ma famille agrandie : le portrait de Jules au regard un peu triste, celui de mon père assis sur son tank, de Jules et Marie-Louise ensemble avant la guerre, si élégants, et la photo des cousins Baer et Sorbac enfants jouant ensemble sur une plage bretonne. À côté d'eux, j'ai posé une reproduction du *Portrait de Jacques de Nittis enfant* de Degas, dont un critique d'art disait : « On ne peut avoir peint cet enfant sans amour. »

En janvier 2021, quelques mois après la publication de ce livre, et en pleine pandémie du covid, les collections nationales de Dresde acceptent enfin de restituer le *Portrait de Madame de Parabère*. Il aura fallu, plus qu'un solide dossier de preuves, l'aide d'une brillante avocate spécialiste des spoliations et les appuis conjugués des ambassades de France en Allemagne et d'Allemagne en France. Volonté réelle de restitution ou bien pression politique, le musée a finalement cédé.

Et par un beau matin froid et ensoleillé, un camion de transport berlinois entre dans la cour de mon immeuble parisien. Les déménageurs, qui ne parlent que l'allemand, transportent un énorme coffre en bois qui protège le tableau. Madame de Parabère ne rentrera pas dans l'ascenseur, il faut la porter dans les escaliers. Je m'agite nerveusement autour de la caisse, craignant qu'il n'arrive quelque chose à la Dame en Pomone. Je ne peux m'empêcher de penser qu'elle a sans doute quitté la France de la même manière, quatre-vingts ans plus tôt, sous les yeux de Jules et Marie-Louise.

Dans le salon, les deux hommes la déballent délicatement et nous la suspendons à des crochets appelés « griffes du Louvre », les plus solides. Chaque manipulation me fait frémir. Enfin, les transporteurs repartent en me laissant des documents du musée de Dresde, que je regarde à peine.

Henri et moi, sans penser à enlever les masques, restons un long moment silencieux, debout devant la toile, heureux. Nous avons tenu la promesse que nous lui avions faite trois ans plus tôt, dans les réserves du musée. Après un long voyage, Madame de Parabère est là, de retour dans son pays d'origine.

Nos retrouvailles joyeuses sont pour moi teintées d'un brin d'appréhension. La responsabilité me paraît bien grande. Est-il raisonnable de vouloir garder chez nous un tableau qui appartient à toute ma famille, qui a traversé l'histoire et les pays ? N'est-il pas trop précieux, trop grand, trop fragile ?

Passent les amis, la famille, venus l'admirer. Chacun donne son avis, observe un détail, admire la force de sa présence, s'arrête un instant devant son regard fort et doux, sa coiffure, sa robe drapée, la merveilleuse harmonie des couleurs.

On s'extasie sur la grenade entrouverte entre ses mains, on regarde un peu plus encore les autres fruits si réalistes. On m'appelle, on m'envoie des articles traitant de Marie-Madeleine de Parabère et du Régent, Philippe d'Orléans.

Pourrons-nous la garder ou bien devrons-nous la vendre ? Quels sont sa valeur, son état de conservation ? Je ne sais pas, mais chaque fois qu'Henri et moi passons devant la toile, nous sourions, un peu béats, parfois nostalgiques. Une aventure a pris fin, mais nous goûtons chaque seconde de nos retrouvailles.

Il m'arrive maintenant de passer devant elle sans la voir. Parfois, quand la maison est vide, les enfants à l'école, que le chat ronronne sur le canapé, je m'arrête un instant devant le portrait. Elle et moi nous regardons, complices. Moi seule sais son voyage, elle seule connaît ma quête.

Apaisée, sereine, je l'admire en souriant. Plus qu'un sentiment de victoire : quelque chose de calme, de doux, de serein. Il n'y a plus de questions ni d'inquiétude alors, tout est bien.

Je ne vais plus si souvent dans les centres d'archives, mais hier je suis retournée, un peu nostalgique, boulevard Sérurier, aux Archives de Paris. C'est là qu'il y a deux ans je trouvai enfin, après des mois de recherche, l'ordre de réquisition du 60, avenue Foch. De toutes les archives que j'ai consultées, la plus belle, la plus frappante, la plus vivante est l'ordre de réquisition par les Allemands de l'appartement de mon arrière-grand-père. Après la conversation avec Modiano, j'ai longtemps cherché ce document. Un livre répertorie les adresses de hauts lieux nazis pendant la guerre, mais les références ne sont plus les bonnes. Et le responsable des archives a mis des mois à le retrouver.

Quand un immeuble est pris, la police française dresse un descriptif précis des lieux, des parties communes et des appartements. Sur une pleine page, un tableau classe les locataires par étage, du rez-de-chaussée au cinquième, par date de réquisition, par nombre de pièces, de mètres carrés, de bouches de chauffage obstruées ou non. *Salvago, de Rivaud, Munoz, vacant, Propper, Leoboldi, de Estrada, Toulouse-Lautrec, Goukassow, Tinardon, Gonsalez, vacant, Strauss*. De ces colonnes et de ces lignes, comme une vue en coupe, tout un immeuble ressurgit, des vies oubliées, des voisins disparus.

Lorsque je lis la réquisition, je suis chez Jules et Marie-Louise. Je vois mon père et Nadine enfants jouer dans la grande galerie d'entrée, entre les œuvres. Jules, dans son bureau, prend des notes sur ses petits carnets. Il dresse la liste des tableaux et des objets qu'il tentera de mettre à l'abri au garde-meuble. J'imagine Kurt Maulaz donner de grandes réceptions dans les salons réquisitionnés. Et Marie-Louise, revenir seule dans le grand appartement chargé de souvenirs, après-guerre.

Mais j'arrête de tourner les pages qui s'émiettent, de peur qu'elles ne tombent en poussière. Je les remets doucement dans leur chemise, avant de les empaqueter dans un vieux papier kraft mal ficelé qui fait office de dossier. Je les rends à contrecœur en suppliant l'archiviste :

— S'il vous plaît, trouvez un carton pour les protéger. C'est ma famille.

## REMERCIEMENTS

Je me suis sentie incroyablement aidée tout au long de mes recherches par mes proches et par beaucoup d'inconnus à qui je racontais mon histoire. Je voudrais tous les remercier de leur générosité, quelle que soit la manière dont elle s'est manifestée. Leur dire ma gratitude pour leur écoute toujours bienveillante, leur empathie et leur soutien, et ma reconnaissance pour la gentillesse avec laquelle ils ont répondu à mes questions, m'ont donné les conseils et les informations précieuses sans lesquelles je n'aurais pu mener mon enquête.

Je remercie mon mari, Henri, qui m'a accompagnée, aidée, soutenue et conseillée à chaque étape de mon enquête et de l'écriture de ce livre, qui croit en moi plus que moi-même.

Nadine, ma chère tante, mémoire de la famille, sans qui je ne saurais rien, et qui a patiemment répondu à toutes mes questions.

Andrew Strauss qui m'a fait confiance et m'a mis sur la voie de nos ancêtres.

Michel Strauss, qui a généreusement partagé avec moi ses souvenirs, documents et connaissances.

Mes frères, dont l'inventivité et le talent m'inspirent chaque jour. Merci à Julien, sans les encouragements quotidiens et les conseils duquel je n'aurais jamais pu finir ce livre. À Édouard, sur qui je sais que je peux compter.

À Isabelle Baer, ma mère si généreuse, qui sait tant de choses et que je n'ai pas assez interrogée.

Quelle joie d'évoquer nos ancêtres avec mes cousines, Marie-Laure et Marie-Hélène Sorbac. À toi, Marie-Hélène, merci de m'avoir écoutée, soutenue et aidée. Je pense à votre père, Jacques Sorbac, héros de guerre, homme si courageux et modeste.

Merci à Claude Sorbac d'avoir répondu à mes questions, et pardon de ne pas venir te rendre visite.

Emmanuelle Polack, historienne de l'art et chercheuse de provenance exceptionnelle, qui m'a tout appris, à qui je dois une reconnaissance et une admiration sans limites.

Elizabeth Royer, chercheuse de provenance bénévole pour les familles spoliées. Sans sa générosité et sa volonté, mes démarches seraient restées vaines.

Alexis Kugel, conseil amical et savant, toujours présent.

Agathe David-Weill, mon amie de toujours, qui a cru en mon enquête, et à son père Michel David-Weill.

Denis Gombert, mon fidèle ami, si patient et de judicieux conseil.

Colombe Schneck qui encourage depuis toujours mes laborieuses velléités d'écriture.

Virginie Bloch-Lainé, mon amie bienveillante.

Stéphane Foenkinos, dont le regard compte tant.

Laetitia et Timothée de Fombelle qui m'ont chacun à leur manière encouragée à raconter cette histoire.

Dominique Modiano, dont l'enthousiasme et la générosité m'ont soutenue pendant toute la recherche et l'écriture.

Patrick Modiano, sans la mémoire de qui je n'aurais pas retrouvé l'histoire de ma famille, et dont l'œuvre me guide.

Iman Bassalah, la meilleure des coachs, qui a suivi chaque étape de l'écriture de ce livre, et qui m'a conseillée et encouragée avec tant d'empathie et de patience.

Mes éditeurs Manuel Carcassonne, Alice d'Andigné et Léa Marty, pour leur regard attentif, encourageant et exigeant.

Je voudrais aussi remercier les éditeurs qui m'ont lue :

Dorothée Cuneo, pour son enthousiasme, sa finesse et sa gentillesse.

Thomas Simonnet, pour sa lecture et son analyse passionnantes.

Je remercie Guillaume Robert et Antoine Caro d'avoir cru en moi.

Tous mes remerciements à Audrey Azoulay, dont la volonté permit la restitution du Tiepolo.

David Zivie, qui, du Tiepolo à chaque étape de sa mission pour le ministère de la Culture, est un appui, une aide précieuse et toujours amicale.

Claudia Ferrazzi qui se mobilisa immédiatement.

Son Excellence Madame Anne-Marie Descôtes.

Julien Acquatella de la CIVS à Berlin.

Son Excellence Monsieur Nikolaus Meyer-Landrut.

Les professionnels, archivistes, chercheurs de provenance, historiens, sans la générosité desquels je n'aurais pas pu mener mes recherches. Je les remercie de m'avoir guidée dans leurs archives.

Marc Masurovsky, historien et auteur de l'*ERR Project*, si savant sur les spoliations, qui a fait beaucoup de recherches sur les Strauss, et m'a envoyé tant d'e-mails passionnants.

Helena Patsiamanis, bibliothécaire à la Conservation du musée d'Orsay, qui a tant fait pour les recherches de provenance.

Sébastien Chauffour, conservateur chargé des

archives de la Récupération artistique, dont le soutien fut constant.

Vincent Tuchais, archiviste aux Archives de Paris, qui m'a apporté une grande assistance dans mes recherches et m'a guidée dans ses archives.

Thomas Weber, fidèle ami des années d'Oxford, spécialiste d'Hitler, qui permit deux rencontres essentielles.

Carolin Lange dont les généreuses recherches furent décisives.

Marius Mazziotti, guide précieux dans les archives allemandes.

Anne Heilbronn, qui sut très tôt me conseiller avec amitié.

Jean-Marc Dreyfus, qui m'a généreusement conseillée dans mes recherches.

Laurence Bertrand Dorléac, dont le combat et la droiture ont ouvert la voie.

Doreen Carvajal, Bernadette Murphy, Betsy Farhi, de l'Orphan Art Project, pour leur soutien enthousiaste et leur engagement auprès des familles spoliées.

Corinne Hershkovitch, de tous les combats liés aux spoliations.

David Foenkinos, François-Louis a'Weng, Sylvine Bailly, Isabelle Bakouche, Franck Bussi, la Galerie Chevalier, M. et Mme Gérard Durand, Flavie Durand-Ruel, Monica Dugot, Guillaume Gallienne, Adriana Gonzalez Hassig, Simon Goodman, Cyril Grange, Stanka Jeleva, Patricia Kennedy Grimsted et l'équipe de l'ERR Project, Thomas Hervé, Sevan Matossian, Marianne

Le Morvan, Marc Liztler, Agnès Marconnet, Bertrand Meaudre, Anne de Lacretelle, Nadia Lakhdar, Aline Le Visage, Lorraine de Meaux, Alain Monteagle, François Nemer, Nathalie Neumann, Youlia Nikolova, Emmanuel et Nathalie Patron, Julia Pavlowitch, Agnès Peresztegi, Anne Roquebert, Jean Rousselot, Philippe Rudaz, Paul Salmona, Achim Spelten, Anne-Laure Sol, Philippe Sprang, Claire Touchard, Juliette Trey, Clémence de Weck.

## OUVRAGES CITÉS

P. 73 : Michel Strauss, *Pictures, Passions and Eye. A life at Sotheby's*, London, Halban, 2011.

P. 84 : Corinne Bouchoux, *Si les tableaux pouvaient parler…, Le traitement politique et médiatique des retours d'œuvres d'art pillées et spoliées par les nazis, (1945-2008)*, Rennes, Presses universitaires de Rennes, 2013.

P. 84 : Laurence Bertrand-Dorléac, *L'art de la défaite (1940-1944)*, Paris, Seuil 2010.

P. 84 : Michel Rayssac, *L'exode des musées. Histoire des œuvres d'art sous l'Occupation*, Paris, Payot, 2007.

P. 134 : André de Fouquières, *Mon Paris et ses Parisiens, le quartier de l'Étoile*, Paris, Pierre Horay, 1953.

P. 153 : Emmanuelle Polack, *Le marché de l'art sous l'Occupation, 1940-1944*, Paris, Tallandier, 2019.

P. 162 : Patrick Modiano, *Discours à l'Académie suédoise*, Paris, Gallimard, 2015.

P. 166 : Patrick Modiano, *Un pedigree*, Paris, Gallimard, 2005.

P. 229 : Olivier Guez, *La disparition de Joseph Mengele*, Paris, Grasset, 2017.
P. 230 : Alice Zeniter, *L'art de perdre*, Paris, Flammarion, 2017.
P. 231 : Patrick Modiano, *Dora Bruder*, Paris, Gallimard, 1997.

## DE LA MÊME AUTRICE

*Aux Éditions Stock*

LA COLLECTION DISPARUE, 2020 (Folio n° 7044)

# COLLECTION FOLIO

*Dernières parutions*

| | |
|---|---|
| 6814. Georges Rodenbach | *Bruges-la-Morte* |
| 6815. Margaret Mitchell | *Autant en emporte le vent I* |
| 6816. Margaret Mitchell | *Autant en emporte le vent II* |
| 6817. George Eliot | *Felix Holt, le radical.* À paraître |
| 6818. Goethe | *Les Années de voyage de Wilhelm Meister* |
| 6819. Meryem Alaoui | *La vérité sort de la bouche du cheval* |
| 6820. Unamuno | *Contes* |
| 6821. Leïla Bouherrafa | *La dédicace.* |
| 6822. Philippe Djian | *Les inéquitables* |
| 6823. Carlos Fuentes | *La frontière de verre.* Roman en neuf récits |
| 6824. Carlos Fuentes | *Les années avec Laura Díaz.* Nouvelle édition augmentée |
| 6825. Paula Jacques | *Plutôt la fin du monde qu'une écorchure à mon doigt.* |
| 6826. Pascal Quignard | *L'enfant d'Ingolstadt. Dernier royaume X* |
| 6827. Raphaël Rupert | *Anatomie de l'amant de ma femme* |
| 6828. Bernhard Schlink | *Olga* |
| 6829. Marie Sizun | *Les sœurs aux yeux bleus* |
| 6830. Graham Swift | *De l'Angleterre et des Anglais* |
| 6831. Alexandre Dumas | *Le Comte de Monte-Cristo* |
| 6832. Villon | *Œuvres complètes* |
| 6833. Vénus Khoury-Ghata | *Marina Tsvétaïéva, mourir à Elabouga* |
| 6834. Élisa Shua Dusapin | *Les billes du Pachinko* |

| | | |
|---|---|---|
| 6835. | Yannick Haenel | *La solitude Caravage* |
| 6836. | Alexis Jenni | *Féroces infirmes* |
| 6837. | Isabelle Mayault | *Une longue nuit mexicaine* |
| 6838. | Scholastique Mukasonga | *Un si beau diplôme !* |
| 6839. | Jean d'Ormesson | *Et moi, je vis toujours* |
| 6840. | Orhan Pamuk | *La femme aux cheveux roux* |
| 6841. | Joseph Ponthus | *À la ligne. Feuillets d'usine* |
| 6842. | Ron Rash | *Un silence brutal* |
| 6843. | Ron Rash | *Serena* |
| 6844. | Bénédicte Belpois | *Suiza* |
| 6845. | Erri De Luca | *Le tour de l'oie* |
| 6846. | Arthur H | *Fugues* |
| 6847. | Francesca Melandri | *Tous, sauf moi* |
| 6848. | Eshkol Nevo | *Trois étages* |
| 6849. | Daniel Pennac | *Mon frère* |
| 6850. | Maria Pourchet | *Les impatients* |
| 6851. | Atiq Rahimi | *Les porteurs d'eau* |
| 6852. | Jean Rolin | *Crac* |
| 6853. | Dai Sijie | *L'Évangile selon Yong Sheng* |
| 6854. | Sawako Ariyoshi | *Le crépuscule de Shigezo* |
| 6855. | Alexandre Dumas | *Les Compagnons de Jéhu* |
| 6856. | Bertrand Belin | *Grands carnivores* |
| 6857. | Christian Bobin | *La nuit du cœur* |
| 6858. | Dave Eggers | *Les héros de la Frontière* |
| 6859. | Dave Eggers | *Le Capitaine et la Gloire* |
| 6860. | Emmanuelle Lambert | *Giono, furioso* |
| 6861. | Danièle Sallenave | *L'églantine et le muguet* |
| 6862. | Martin Winckler | *L'École des soignantes* |
| 6863. | Zéno Bianu | *Petit éloge du bleu* |
| 6864. | Collectif | *Anthologie de la littérature grecque. De Troie à Byzance* |
| 6865. | Italo Calvino | *Monsieur Palomar* |
| 6866. | Auguste de Villiers de l'Isle-Adam | *Histoires insolites* |
| 6867. | Tahar Ben Jelloun | *L'insomniaque* |
| 6868. | Dominique Bona | *Mes vies secrètes* |
| 6869. | Arnaud Cathrine | *J'entends des regards que vous croyez muets* |

| | |
|---|---|
| 6870. Élisabeth Filhol | *Doggerland* |
| 6871. Lisa Halliday | *Asymétrie* |
| 6872. Bruno Le Maire | *Paul. Une amitié* |
| 6873. Nathalie Léger | *La robe blanche* |
| 6874. Gilles Leroy | *Le diable emporte le fils rebelle* |
| 6875. Jacques Ferrandez / Jean Giono | *Le chant du monde* |
| 6876. Kazuo Ishiguro | *2 nouvelles musicales* |
| 6877. Collectif | *Fioretti. Légendes de saint François d'Assise* |
| 6878. Herta Müller | *La convocation* |
| 6879. Giosuè Calaciura | *Borgo Vecchio* |
| 6880. Marc Dugain | *Intérieur jour* |
| 6881. Marc Dugain | *Transparence* |
| 6882. Elena Ferrante | *Frantumaglia. L'écriture et ma vie* |
| 6883. Lilia Hassaine | *L'œil du paon* |
| 6884. Jon McGregor | *Réservoir 13* |
| 6885. Caroline Lamarche | *Nous sommes à la lisière* |
| 6886. Isabelle Sorente | *Le complexe de la sorcière* |
| 6887. Karine Tuil | *Les choses humaines* |
| 6888. Ovide | *Pénélope à Ulysse* et autres lettres d'amour de grandes héroïnes antiques |
| 6889. Louis Pergaud | *La tragique aventure de Goupil* et autres contes animaliers |
| 6890. Rainer Maria Rilke | *Notes sur la mélodie des choses* et autres textes |
| 6891. George Orwell | *Mil neuf cent quatre-vingt-quatre* |
| 6892. Jacques Casanova | *Histoire de ma vie* |
| 6893. Santiago H. Amigorena | *Le ghetto intérieur* |
| 6894. Dominique Barbéris | *Un dimanche à Ville-d'Avray* |
| 6895. Alessandro Baricco | *The Game* |
| 6896. Joffrine Donnadieu | *Une histoire de France* |
| 6897. Marie Nimier | *Les confidences* |
| 6898. Sylvain Ouillon | *Les jours* |
| 6899. Ludmila Oulitskaïa | *Médée et ses enfants* |

6900. Antoine Wauters — *Pense aux pierres sous tes pas*
6901. Franz-Olivier Giesbert — *Le schmock*
6902. Élisée Reclus — *La source* et autres histoires d'un ruisseau
6903. Simone Weil — *Étude pour une déclaration des obligations envers l'être humain* et autres textes
6904. Aurélien Bellanger — *Le continent de la douceur*
6905. Jean-Philippe Blondel — *La grande escapade*
6906. Astrid Éliard — *La dernière fois que j'ai vu Adèle*
6907. Lian Hearn — *Shikanoko, livres I et II*
6908. Lian Hearn — *Shikanoko, livres III et IV*
6909. Roy Jacobsen — *Mer blanche*
6910. Luc Lang — *La tentation*
6911. Jean-Baptiste Naudet — *La blessure*
6912. Erik Orsenna — *Briser en nous la mer gelée*
6913. Sylvain Prudhomme — *Par les routes*
6914. Vincent Raynaud — *Au tournant de la nuit*
6915. Kazuki Sakuraba — *La légende des filles rouges*
6916. Philippe Sollers — *Désir*
6917. Charles Baudelaire — *De l'essence du rire* et autres textes
6918. Marguerite Duras — *Madame Dodin*
6919. Madame de Genlis — *Mademoiselle de Clermont*
6920. Collectif — *La Commune des écrivains. Paris, 1871 : vivre et écrire l'insurrection*
6921. Jonathan Coe — *Le cœur de l'Angleterre*
6922. Yoann Barbereau — *Dans les geôles de Sibérie*
6923. Raphaël Confiant — *Grand café Martinique*
6924. Jérôme Garcin — *Le dernier hiver du Cid*
6925. Arnaud de La Grange — *Le huitième soir*
6926. Javier Marías — *Berta Isla*
6927. Fiona Mozley — *Elmet*
6928. Philip Pullman — *La Belle Sauvage. La trilogie de la Poussière, I*

6929. Jean-Christophe Rufin — *Les trois femmes du Consul. Les énigmes d'Aurel le Consul*
6930. Collectif — *Haikus de printemps et d'été*
6931. Épicure — *Lettre à Ménécée* et autres textes
6932. Marcel Proust — *Le Mystérieux Correspondant* et autres nouvelles retrouvées
6933. Nelly Alard — *La vie que tu t'étais imaginée*
6934. Sophie Chauveau — *La fabrique des pervers*
6935. Cecil Scott Forester — *L'heureux retour*
6936. Cecil Scott Forester — *Un vaisseau de ligne*
6937. Cecil Scott Forester — *Pavillon haut*
6938. Pam Jenoff — *La parade des enfants perdus*
6939. Maylis de Kerangal — *Ni fleurs ni couronnes* suivi de *Sous la cendre*
6940. Michèle Lesbre — *Rendez-vous à Parme*
6941. Akira Mizubayashi — *Âme brisée*
6942. Arto Paasilinna — *Adam & Eve*
6943. Leïla Slimani — *Le pays des autres*
6944. Zadie Smith — *Indices*
6945. Cesare Pavese — *La plage*
6946. Rabindranath Tagore — *À quatre voix*
6947. Jean de La Fontaine — *Les Amours de Psyché et de Cupidon* précédé d'*Adonis* et du *Songe de Vaux*
6948. Bartabas — *D'un cheval l'autre*
6949. Tonino Benacquista — *Toutes les histoires d'amour ont été racontées, sauf une*
6950. François Cavanna — *Crève, Ducon !*
6951. René Frégni — *Dernier arrêt avant l'automne*
6952. Violaine Huisman — *Rose désert*
6953. Alexandre Labruffe — *Chroniques d'une station-service*
6954. Franck Maubert — *Avec Bacon*
6955. Claire Messud — *Avant le bouleversement du monde*
6956. Olivier Rolin — *Extérieur monde*
6957. Karina Sainz Borgo — *La fille de l'Espagnole*
6958. Julie Wolkenstein — *Et toujours en été*
6959. James Fenimore Cooper — *Le Corsaire Rouge*

*Tous les papiers utilisés pour les ouvrages*
*des collections Folio sont certifiés*
*et proviennent de forêts gérées durablement.*

*Composition Nord Compo*
*Impression Grafica Veneta*
*à Trebaseleghe, le 04 février 2022*
*Dépôt légal : février 2022*

ISBN 978-2-07-293334-9 / Imprimé en Italie

**377407**